# RICHARD BARGEL

## DIE GLÜCKSFEEN
### Geschichten & Gedichte

Mit Zeichnungen des Autors

BOOKS on DEMAND

Bibliografische Information der Deutschen Nationalbibliothek:
Die Deutsche Nationalbibliothek verzeichnet diese
Publikation in der Deutschen Nationalbibliografie;
detaillierte bibliografische Daten sind im Internet über
http://dnb.dnb.de abrufbar.

1. Auflage

Illustrationen: Richard Bargel
Cover-Foto: © Meyer Originals
Cover-Design: Meyer Originals
Buch-Layout: Richard Bargel

Herstellung und Verlag:
BoD - Books on Demand, Norderstedt

ISBN 978-3-7392-0961-6

**Für Mojo**

Mein Dank für Beratung und Beistand geht an meine Frau Joëlle, an Werner Meyer & Petra Münchrath von Meyer Records, Gaby Falk und Hans-Joachim Schneider

# Inhalt

# Vorwort

Wenn Gott, oder wer auch immer dafür zuständig ist, mich mit nur einer Begabung ausgestattet hätte, wäre mein Leben viel einfacher. Ich würde den ganzen lieben langen Tag auf meiner Gitarre herumklimpern, neue Lieder komponieren, in Proberäumen und Aufnahmestudios meine Zeit verbringen, auf Tourneen meine Konzerte spielen und mit anderen Musikern über nichts anderes als die Musik, über Gitarren und Verstärker und andere Musiker reden - oder lästern.

Dies wäre zwar ein recht einseitiges, aber dennoch überschaubares Leben. Sich auf nur eine Karriere zu konzentrieren, brächte den Vorteil, meine Zeit ungeteilt in diese investieren zu können. Die Chancen auf Erfolg wären damit erheblich größer, weil ich dann auch jede am Schopfe packen und tüchtig schütteln könnte.

Aber nein, stattdessen hat Gott, oder wer auch immer dafür zuständig ist, mich mit multiplen Talenten ausgestattet, was das Leben natürlich nicht einfacher, sondern komplizierter, anstrengender, dafür aber auch verrückter und wesentlich aufregender macht.

Das Dumme dabei ist, dass ich auch noch einen Riesenspaß dabei empfinde, mich in weiteren Künsten zu üben und jede neue Herausforderung annehme, nur um die Grenzen meiner kreativen und künstlerischen Fähigkeiten auszuloten. Allein nur Musik zu machen, will mich einfach nicht ausfüllen. Und so kleben mir gleich drei Karrieren am Bein, zwischen denen ich mich gezwungen sehe, hin und her zu hoppeln, wie ein brünstiger Keiler, der seine drei Bachen in steter Regelmäßigkeit zu begatten hat: die des Musikers, die des Schauspielers und letztendlich die des Autors. Im Neudeutschdenglischen-Jargon könnte man meine Tätigkeit auch als ›Art-Hopping‹ bezeichnen.

Doch da der Tag nur vierundzwanzig Stunden hat, bleibt mir, selbst wenn ich des Nachts auf so manches Stündlein Schlaf verzichte, für jede der drei Karrieren stets zu wenig Zeit.

Es würde mir sehr viel leichter fallen, zwei dieser Karrieren an den Nagel zu hängen, wenn da nicht der Umstand wäre, dass ich in jeder Disziplin Bestätigung durch ein mir wohlgefälliges Publikum finde und dadurch jede der drei Karrieren recht erfolgversprechend erscheinen.

Das verführt den eitlen Geist dann dazu, sich weiter dreigleisig zu bewegen, auch wenn dabei aus Zeitnot wichtige Weichenstellungen verpasst werden und keine der drei Karrieren somit richtig in Schwung kommen will.

Beinahe wären es vier Karrieren gewesen. Gott sei Dank habe ich die des bildenden Künstlers nicht weiterverfolgt.

Ende der 60er Jahre sah ich mich als Maler, Grafiker, Zeichner und Happening-Künstler, der mit seinen Aktionen die Bourgeoisie zu erschrecken und zu schockieren gedachte. Doch dann erwies sich die Musiker-Karriere als erfolgversprechender und von der Künstlerkarriere blieb in den darauffolgenden Jahren nicht mehr viel übrig, außer vereinzelten Auftragsarbeiten für Zeichnungen und grafische Arbeiten, die mit Einzug des digitalen Zeitalters aufhörten bei mir einzutrudeln, da ich, stur wie ich bin, darauf beharrte, weiter mit der Hand auf Papier zu zeichnen und nicht mit der Maus in der Hand auf dem Computerbildschirm.

Meine Karriere als Autor startete recht spät. Erst um die letzte Jahrhundertwende begann ich, motiviert durch den Zuspruch einiger Personen, die meine ersten zaghaften lyrischen Werke gelesen und für brauchbar befunden hatten, mich ernsthafter mit der Schriftstellerei zu befassen.

Und siehe da, auch hier schlug plötzlich der Spaß-Faktor zu. Ich fand ein ungemeines Vergnügen an der Spielerei mit Worten und dem Erfinden ausgeklügelter Versreime. Dabei kam mir wohl meine schon in jungen Jahren entdeckte Vorliebe für Autoren wie Wilhelm Busch, Christian Morgenstern, Erich Kästner, Eugen Roth zu Hilfe, deren Gedichte und Balladen mich ungemein beeindruckt hatten.

Ich muss viel von der damaligen Lektüre verinnerlicht haben, denn zu dichten und Verse zu schmieden fällt mir leicht und alles was leicht fällt, macht natürlich um so mehr Spaß. Wie den genannten Autoren meiner Jugend, gefällt es auch mir der bitteren Wahrheit mit Humor, leiser Ironie, einem Quäntchen Sarkasmus und etwas Boshaftigkeit schriftstellerisch zu Leibe zu rücken.

Mein Hang zum Surrealen, zum Skurrilen, entwickelte sich ebenfalls schon in früher Kindheit, denn meine favorisierten Maler waren Dali, Ernst Busch, Max Ernst, Rene Magritte, aber auch Maler wie George Grosz und Otto Dix.

Nach den ersten lyrischen Gehversuchen, die in einer Buchveröffentlichung mit dem Titel ›Ein Werwolf hockt im Kreidekreis, heult leise blaue Lieder‹ (Schardt Verlag, Oldenburg 2004) gipfelten, war der Schritt zur Prosa nicht weit. Ich begann, wie fast jeder Autorennovize, mit Kurzgeschichten und wagte mich schließlich an einen Roman heran (Arbeitstitel: ›Erlkönigs Kinder‹), der aber immer noch, mittlerweile fast 500 Din A 4-Seiten stark, in der Schublade liegt und dort aus Zeitmangel schon so lange liegt, dass ich mich heute gezwungen sähe, ihn völlig umzuschreiben.

Seit Kurzem liegt neben diesem Roman, ein zweiter, auch schon über 200 Din A4-Seiten starker Roman (Arbeitstitel: ›Das dreizehnte Gebot‹), der als Autobiographie, verpackt in eine fiktive Geschichte, zu Ende gebracht werden will, wenn ich denn (siehe die drei Karrieren) endlich einmal die Zeit und die Muße hätte, mich für ein Jahr aus dem Geschäftsleben zurückzuziehen, um auf einem einsamen Landhof in den Cevennen Südfrankreichs die zwei Mammutwerke zur Vollendung zu führen. Der Landhof oder das Landhaus darf natürlich auch in der Toskana oder auf einer kleinen Südseeinsel liegen, ich bin da nicht so wählerisch.

Doch da dies vorerst ein Traum bleibt, bleibe ich bei meinen Versen und den Kurzgeschichten. Zwischen meinen Musik- und Schauspieleraktivitäten finde ich immer wieder kleine Zeitfenster in denen ich sie zu Papier bringen kann.

So stellt dieses Buch eine bunt zusammen gewürfelte Sammlung an Kurzgeschichten und Gedichten dar, die in den Jahren 2003 bis 2015 entstanden sind. Jahre, in denen der brünstige Keiler besonders viel hin und her hoppeln musste, um es seinen drei Bachen - Musik, Schauspiel und Literatur - gerecht und recht zu machen.

Deshalb erhebe ich mit diesem Buch auch keinen Anspruch auf hohe literarische Anerkennung durch Kritiker, oder gar auf Preise, oder einen Platz auf der Bestsellerliste. Vielleicht wäre es auch nie zu einer Veröffentlichung gekommen, hätte das Publikum bei meinen Lesungen mir nicht ständig und beharrlich in den Ohren gelegen, ob es die Geschichten nicht auch als Buch zu erwerben gäbe und wann ich endlich gedenke, ein solches herauszubringen.

Apropos Lesungen. Auch so ein Ding mit Spaßfaktor. Denn wieder hat Gott, oder wer auch immer dafür zuständig ist, mich mit einer Stimme ausgestattet, die sich gut zum Vortrag eignet, weil klar, tief und ausdrucksvoll. Und da ich bei meinen Lesungen das mir von Gott, oder von wem auch immer, gegebene Talent der Schauspielkunst mit einbringen kann, bin ich glücklicherweise in der Lage durch komödiantische Albernheiten meinem literarischen Vortrag eine unterhaltsame Komponente beizufügen.

Nun denn, die Zeit wird knapp, ich muss zu meinen zwei anderen Bachen hoppeln und schauen, ob sie wieder prächtig trächtig sind, oder sich nur gelangweilt im Dreck suhlen. Wenn das erledigt ist, komme ich zurück, um Ihnen viel Spaß bei der Lektüre dieses Buches zu wünschen.

Wir sehen uns. Spätestens bei der nächsten Lesung, Theateraufführung oder beim nächsten Konzert!

Richard Bargel

## Der nackte Wahnsinn

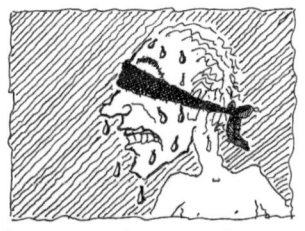 Es dauerte einige Zeit, bis er bemerkte, dass sie immer schwerer wurden. Jetzt, nach einer weiteren Stunde, scheinen Sandsäcke an ihnen zu hängen, die mit ihrem Gewicht ziehen und zerren und mit aller Gewalt versuchen sie nach unten zu drücken.

Jeder Tropfen Blut muss aus ihnen gewichen sein und nur die Schmerzen, die immer größer werden, erinnern ihn daran, dass diese langen, tauben und leblosen Fleischgebilde zu seinem Körper gehören, seine Arme sind, die er schon so lange nach oben halten muss, mit den schwitzenden, bebenden Händen im Nacken verschränkt.

Heftige Krämpfe überfallen ihn, krallen sich in seine Schultern und Oberarme. Sie sind so stark, dass ihm der Atem stockt, sobald eine neue Welle sich anschickt, die verhärteten Muskeln wie mit Eisenklammern auseinander zu reißen.

Verzweifelt beißt er die Zähne aufeinander. Wie gerne würde er nachgeben, die Arme einfach fallen lassen. Doch das darf nicht geschehen! Nur nicht schlapp machen! Er *muss* durchhalten!

Kurz vor der Dämmerung war die Meute aufgetaucht, hatte ihn gierig umkreist und begutachtet. Manche von ihnen schienen mit ihrer Beute nicht zufrieden, doch da kein anderes Opfer weit und breit zu sehen war, einigten sie sich schnell.

»Zieh dich aus!«

Er gehorchte, zitternd wie ein verängstigtes Kind.

»Ganz aus!«, forderten sie unbarmherzig, als er sich weigerte, die Unterhose fallen zu lassen.

»Jetzt stell dich da hin und die Arme hinter den Kopf!«

Als sie ihm auch noch die Augen mit einem schwarzen Lappen verbanden, gelang es ihm nur mit Mühe, nicht laut los zu brüllen. Dann befahlen sie ihm, sich nicht zu bewegen. Und sie hatten ihm gedroht!

»Die kleinste Bewegung und wir bringen dich um!«

Das hämische Gelächter und Gekreische klingt noch in seinen Ohren und die Erniedrigung ist so tiefgreifend gewesen, dass sie jeden Widerstand in ihm zerbrochen hat. Stolz, Mut und Überlebenswille sind zu einem Häufchen Asche am Grunde seiner Seele geschmolzen. Was jetzt wie eine verheerende Feuersbrunst in ihm wütet, sind die unerträglichen Schmerzen und die bodenlose Scham ob seiner Nacktheit.

Wie lange haben sie ihn jetzt schon in ihrer Gewalt?

Kaum hat er sich die Frage gestellt, wird sie ihm auch schon wieder gleichgültig. Zeit hat keine Bedeutung mehr, seit die Schmerzen immer unerträglicher werden und die Dunkelheit ihm jede Orientierung nimmt.

›Die Arme! Ich kann sie nicht mehr halten!‹

Kalter Schweiß dringt aus seinem Haaransatz hervor, formt sich zu unzähligen Tröpfchen, die wie eilige Ameisen über seine Stirn huschen und unsäglich jucken. Zielstrebig finden sie ihren Weg unter der Binde hindurch in seine Augen, ein Heer von schimmernden Feuerquallen, die unaufhaltsam über seine Augäpfel einher fallen. Ihre fadendünnen Tentakel saugen sich fest und sondern ätzendes Gift ab. Es brennt höllisch! Wenn er sich doch nur bewegen dürfte! Nur einmal über die Augen wischen! Doch das werden sie nicht zulassen! Sie nicht! Niemals!

Seine Wimpern zucken heftig, reiben sich an dem rauen Stoff, der dicht auf ihnen liegt, schicken immer neue erschöpfte Tränen auf die Reise, die vergeblich versuchen, das entsetzliche Brennen zu löschen. Fast senkrecht rinnen sie über die Wangen, vereinigen sich am Hals mit den herabströmenden Schweißbächen, gebären Flüsse, die einen Schwemmschlamm aus Salz, Angst und Stresshormonen, ausgespült aus den Tiefen seines Körpers, mit sich führen und auf ihrem Weg zum Boden seinen nackten, zitternden Körper mit einer feucht glänzenden Lasur überziehen.

»Die kleinste Bewegung und wir bringen dich um!«

Das hämische Gelächter und Gekreische klingt noch in seinen Ohren und die Erniedrigung ist so tiefgreifend gewesen, dass sie jeden Widerstand in ihm zerbrochen hat. Stolz, Mut und Überlebenswille sind zu einem Häufchen Asche am Grunde seiner Seele geschmolzen. Was jetzt wie eine verheerende Feuersbrunst in ihm wütet, sind die unerträglichen Schmerzen und die bodenlose Scham ob seiner Nacktheit.

Wie lange haben sie ihn jetzt schon in ihrer Gewalt?

Kaum hat er sich die Frage gestellt, wird sie ihm auch schon wieder gleichgültig. Zeit hat keine Bedeutung mehr, seit die Schmerzen immer unerträglicher werden und die Dunkelheit ihm jede Orientierung nimmt.

›Die Arme! Ich kann sie nicht mehr halten!‹

Kalter Schweiß dringt aus seinem Haaransatz hervor, formt sich zu unzähligen Tröpfchen, die wie eilige Ameisen über seine Stirn huschen und unsäglich jucken. Zielstrebig finden sie ihren Weg unter der Binde hindurch in seine Augen, ein Heer von schimmernden Feuerquallen, die unaufhaltsam über seine Augäpfel einher fallen. Ihre fadendünnen Tentakel saugen sich fest und sondern ätzendes Gift ab. Es brennt höllisch! Wenn er sich doch nur bewegen dürfte! Nur einmal über die Augen wischen!. Doch das werden sie nicht zulassen! Sie nicht! Niemals!

Seine Wimpern zucken heftig, reiben sich an dem rauen Stoff, der dicht auf ihnen liegt, schicken immer neue erschöpfte Tränen auf die Reise, die vergeblich versuchen, das entsetzliche Brennen zu löschen. Fast senkrecht rinnen sie über die Wangen, vereinigen sich am Hals mit den herabströmenden Schweißbächen, gebären Flüsse, die einen Schwemmschlamm aus Salz, Angst und Stresshormonen, ausgespült aus den Tiefen seines Körpers, mit sich führen und auf ihrem Weg zum Boden seinen nackten, zitternden Körper mit einer feucht glänzenden Lasur überziehen.

»He! Stillhalten!«, fordert laut eine kalte, ungeduldig klingende Stimme.

›Aber die Arme! Ich kann sie einfach nicht mehr hoch halten!‹ will er rufen, doch er weiß, dass es sinnlos ist. Keine Macht der Welt wird sie jetzt noch von ihrem Tun abhalten können.

Panikattacken drücken auf seine Brust, pressen sie zusammen und lassen das Atmen immer schwerer fallen. Sein Mund, in dem die Zunge nur noch ein zähes Stück Dörrfleisch scheint, ist völlig ausgetrocknet und der quälende Durst, der sich als weiterer Folterknecht hinzu gesellt hat, verstärkt, mit jeder Minute, den Würgegriff um seine wunde Kehle.

Er stöhnt lautlos. Nur nicht bewegen! Halte durch! Mach ja nicht schlapp! Denk an irgend etwas. An das Geld zum Beispiel! Deswegen stehst Du doch hier. Das Geld! Lausiger Mammon. Ist es das wert? Diese Erniedrigung und Folterqualen? Scheiß auf das Geld! So viel ist es auch wieder nicht. Deswegen stehst du doch nicht hier. Du stehst wegen ihr hier. Dass auch Geld im Spiel ist, war okay, aber für dich zweitrangig. Für sie tust du es! Nur für sie!

Es scheint eine Ewigkeit her zu sein, aber tatsächlich war sie erst vor drei Stunden zu ihm gekommen, völlig aufgelöst, verzweifelt. Hat ihn gebeten, gedrängt, unter Tränen angefleht, ihr zu helfen. Wie hätte er sie abweisen können, wo er sie doch so abgöttisch und bedingungslos liebte.

Vor zwei Stunden war die ganze Bande dann über sie hereingebrochen. Blitzartig ist alles von ihnen in Beschlag genommen worden und er hat sich dem Mob, obwohl er innerlich vor Angst gebebt hat, mutig gestellt. Nun ist er selbst hilfsbedürftig geworden.

Er bildet sich ein, von irgendwoher ein Kichern zu hören. Ein gewaltiger Schweißausbruch ist die Folge, und die Feuerquallen versprühen noch mehr Gift in seine Augen. Seine Nase nimmt plötzlich einen unangenehmen Geruch wahr. Er erkennt, dass es sein eigener Geruch ist. Stress und Angst kann man riechen. Säuerlich riecht es und abgestanden.

Er hört sie kaum. Sie sind beschäftigt. Ab und zu ertönt ein leises Rascheln oder ein Stuhl knarrt. Sonst herrscht vollkommene Stille. Das macht ihn verrückt. Er fühlt sich ausgeliefert, hilflos und ohnmächtig. Weiß, dass sie zwischendurch immer wieder zu ihm herüber blicken, ihn anstarren. Manchmal tuscheln sie. Worüber tuscheln sie? Der unangenehme Geruch, der seinem angespannten Körper entströmt, wird intensiver. Ob sie ihn auch riechen können?

Er versucht, sie aus seinen Gedanken auszublenden. Von irgendwoher, aus dem geschäftigen Treiben der Stadt, dringt eine Polizeisirene durch die geschlossenen Fenster. Was würde er darum geben, jetzt dort draußen frei und unbekümmert herumzulaufen. Statt dessen hat er sich auf dieses entwürdigende Spiel eingelassen. Ganz anders hatte er sich das vorgestellt. Als helfender Ritter in der Not hatte er auftreten wollen. Hatte ihr zeigen wollen, dass er selbst dieser Situation gewachsen war.

Doch nun sitzt er in der Falle. Rettung ist nicht zu erwarten. Und wie das Ganze enden wird, daran will er erst gar nicht denken.

Wenn er doch nur etwas sehen könnte! Die Dunkelheit macht ihn wahnsinnig. Aber vielleicht ist es besser so. Es wäre kaum zu ertragen, ihnen auch noch in die Augen blicken zu müssen, während sie ihn von Kopf bis Fuß taxieren, mustern, abschätzen. Wie lange noch? Sein Körper schwankt leicht.

»He, nicht bewegen!«

Scharf durchschneidet der Befehl die Stille. Sie registrieren die kleinste Bewegung! Unruhe breitet sich im Raum aus. Was ist los?

Was geschieht jetzt?

»Okay!«, hört er jemanden sagen. »Ich denke, wir sind mit dem Blindgänger fertig.«

Ein bestätigendes Knurren und Räuspern ist zu vernehmen. Schuhe scharren auf dem Boden.

Blindgänger? Was meinen sie damit?

Eine andere Stimme ruft ihm zu: »Du kannst die Arme runter nehmen!«

Er stöhnt auf. Schwer plumpsen die Sandsäcke herab, hängen völlig abgestorben und gefühllos an den Körperseiten, unmöglich sie zu bewegen. Sie reagieren nicht, auf keinen Impuls, auf keinen Befehl seines Gehirns. Er hat Angst, dass dieser Zustand nicht mehr rückgängig zu machen ist. Wird er sie jemals wieder bewegen können?

Langsam setzt das Stechen und Prickeln ein. Das Blut kehrt in die Adern zurück. Es ist unangenehm und tut scheußlich weh, aber er atmet erleichtert auf. Die Augenbinde nehmen sie ihm nicht ab. Unschlüssig steht er da. Was kommt jetzt? Lassen sie ihn etwa gehen?

Er macht eine Bewegung.

»He, bleib' wo du bist!«, zischt jemand. »Wir sind noch nicht fertig mit dir!«

Er bekommt etwas in die linke Hand gedrückt. Es fühlt sich rund, kalt und glatt an und scheint gebogen zu sein.

»Halt das! Und jetzt nimm das in die andere Hand!«

Die Finger seiner rechten Hand schließen sich um einen sehr dünnen Stab. Was ist das nun wieder? Was haben sie vor?

»Nicht bewegen!«

Wieder dieser blödsinnige Befehl! Er kann nicht mehr. Er will auch nicht mehr. Es ist ihm alles egal. Sollen sie doch mit ihm machen was sie wollen! Ihm wird schwindelig. Plötzlich hört er die Stimme seiner Frau ganz nahe an seinem Ohr.

»Mein Gott, Joachim, bitte halte durch, sonst war alles umsonst!«, fleht sie ihn an. »Jetzt nur nicht schlapp machen! Die machen mich sonst fertig! Bitte!«

Er hört die Verzweiflung in ihrer Stimme und versucht, sich zusammen zu reißen. Alles würde er für sie tun, alles erleiden und ertragen. Und notfalls würde er sogar für sie sterben. Doch der Schwindel wird stärker. Die Finsternis bricht plötzlich über ihn herein, viel tiefer, so viel schwärzer als die Dunkelheit, die ihn unter seiner Augenbinde umgibt.

Er fällt.

»Joachiiiiiim!«

Den verzweifelten Schrei seiner Frau hört er nicht mehr.

»Och nööööööööö!«

Frau Grassner ist empört. Sie gehört seit Anfang an zu der Gruppe, hat sie sogar mit begründet.

»Das kann er uns doch nicht antun!«

Enttäuscht schaut sie auf ihre Zeichnung. »Ich bin mit dem ›blinden Amor‹ noch nicht fertig!«

Als der Schrei ertönte, hatte sie sich so erschreckt, dass ihr dabei der Kohlestift gebrochen ist und einen hässlichen Fleck auf dem Papier hinterlassen hat. Die Zeichnung, ein zittriges Strichmännchen, mit einem Bogen in der einen und einem Pfeil in der anderen Hand, ist dadurch verdorben. Findet sie.

»Dafür kriegt ihr Mann von mir aber keinen Cent!«

Entrüstet hält Frau Grassner die Zeichnung in die Luft und wedelt mit ihr herum, damit alle ihr verhunztes Meisterwerk sehen können.

Ein Tumult entsteht. Die anderen Damen haben ebenfalls die Blei- und Kohlestifte auf ihre Skizzenblöcke fallen lassen und sind von ihren Stühlen aufgesprungen. Radiergummis kullern zu Boden und hüpfen schnell in dunkle Verstecke. Lautstarker Protest über den unerwarteten Ausfall des Akt-Modells erfüllt den Raum.

»Dass ihr Mann so schnell schlapp macht!«, entrüstet sich Frau Schneider.

»Schlappschwanz!«, setzt Frau Liebknecht nach und packt wütend ihre Sachen ein.

»Ich«, schreit Frau Bender und tippt sich wichtigtuerisch auf die immense Oberweite, »ich fand ihn ja von Anfang an ungeeignet. Einen ›Amor‹ stelle ich mir dann doch ein bisschen stattlicher ausgestattet vor!«

»Genau! War ja wohl ein bisschen mager, was der vorzuweisen hatte!« Frau Krüger grinst unverschämt. Brüllendes Gelächter erschallt, pralle Schenkel werden geklopft.

Das Damenkränzchen ist außer Rand und Band. Es dauert noch eine geschlagene Stunde bis die letzte der ungemein talentierten Künstlerinnen endlich die Wohnung verlässt.

Mit hochrotem Kopf schließt sie die Tür hinter der entfesselten Meute. Sie bringt Joachim ins Bett. Noch sehr blass, fragt er mit leiser, tonloser Stimme: »Wie war ich denn?«

»Wahnsinn, Joachim!«, lügt sie und versucht ihren Ärger zu unterdrücken. »Für das erste Mal war das wahnsinnig gut, ehrlich!«

Mit einem glücklichen Lächeln auf den Lippen schläft er ein.

Sie starrt auf ihn herab. Das höhnische Gelächter klingelt ihr noch in den Ohren.

»Schlappschwanz!« zischt sie durch die Zähne und verlässt leise den Raum.

## Absatzkrise

»Der Schuh ist futsch!«, kreischte sie mit hochrotem Kopf. »Gestern erst gekauft und schon ist der Absatz abgerissen!«

Voller Entrüstung stand sie vor dem Verkäufer und fuchtelte wild mit dem kaputten Schuh unter seiner Nase herum.

»Aber ich habe Sie doch ausdrücklich darauf hingewiesen, dass diese Schuhe uns reißende Absätze bescheren«, protestierte er, in der Hoffnung, dass sie ihm diese fadenscheinige Ausrede abnehmen würde.

»Das ist doch wohl ein Witz! Schuhe mit reißendem Absatz! Und Sie wagen es, mir solchen Ramsch anzudrehen?«, schrie sie wutentbrannt.

»Tut mir leid, dass Sie mit den Schuhen Absatzschwierigkeiten haben...aber, schau´n Sie, die Absatzlage gerade bei diesen Schuhen...«

»Was quasseln Sie denn da! Die Absatzlage ist doch total schief. Da!«

Sie stieß ihm den anderen Schuh dicht vor die Augen, so nah, dass er mit dem Kopf zurückweichen musste, um sich ein scharfes Bild der Absatzlage zu machen.

»Ich muss Ihnen Recht geben, so wie er da ist, macht mir der Absatz Sorgen, aber...«

»Pah! Ihre Absatzsorgen können Sie sich irgendwohin stecken. Ich will sofort neue Schuhe mit einer Absatzgarantie haben.«

»Eine Absatzgarantie gibt es nicht, weil immer das Risiko einer Absatzflaute besteht!«

»Absatzflau...? Was soll denn das wieder heißen? Sagen Sie bloß, Sie finden auf dem Absatzmarkt keine anständige Absätze?«

»Wie bitte?«, fragte er verwirrt.

»Dafür werden Sie mir büßen!«

»Absatzeinbußen entstehen durch Absatzeinbrüche...«

»Sag ich doch! Der Absatz ist gebrochen! Das ist doch unmöglich!«

»Nichts ist unmöglich. Es gibt immer eine Absatzmöglichkeit, man muss nur Absatz orientiert denken und das tun wir.«

»Ha! Absatzorientiert war ich bisher auch, je höher um so besser, bis ich Ihre blöden Schuhe gekauft habe. Schon am ersten Tag gab es leichte Absatzschwankungen und dann heute...peng... futsch...ab war der Absatz!«

»Vielleicht kann ich in Ihrem Falle für eine Absatzwiederbelebung sorgen...«

»Was? Sie wollen ihn wiederbeleben? Den kaputten Absatz? Sind Sie denn total meschugge? Ich habe jetzt die Schnauze voll! Ich will neue Schuhe! Und zwar flache Schuhe! Jetzt, sofort und pronto!«

»Auch da haben wir einige im Sortiment, die ich empfehlen kann, besonders die absatzlosen Schuhe bescheren uns reißende Absätze...«

»Ich glaub´, ich krieg die Krise...!« Sie schnappte nach Luft und es schien, als habe er sie tatsächlich aus der Fassung gebracht.

»Kriegen Sie nicht. Jedenfalls nicht bei uns!«, sagte er schnell um seinen Vorteil auszunutzen. »Eine Absatzkrise haben wir nicht. Das Geschäft läuft prima. Der Absatz ist gut.«

Für einige Sekunden sah sie ihn nur an. Dann wanderte ihr Blick hinunter zu den beiden Schuhen in ihrer Hand. Er blieb an dem Schuh haften, an dem sich der fünfzehn Zentimeter lange, metallisch glänzende Stiletto-Absatz noch befand. Sie packte den Schuh mit festem Griff. Ein mörderischer Ausdruck trat in ihre Augen, der ihn unwillkürlich zusammenzucken ließ und dazu veranlasste, seine rechte Hand wie ein Schutzschild auf seinen haarlosen Schädel zu legen.

»De...de...der Absatz ist gut«, stotterte er noch einmal.

Ihr Mund verzog sich zu einem hässlichen Grinsen. Sie trat einen Schritt vor und hob den Schuh hoch über ihren Kopf hinaus. Der Stilettoabsatz blitzte hell auf. Ihr Gesicht schob sich so nah an seines heran, dass sich ihrer beider Nasenspitzen fast berührten.

»Einen Scheiß ist er...!«, zischte sie ihm in die Nasenlöcher und schlug zu.

Im selben Moment wurde sie von hinten gepackt und zu Boden gerissen. Sie kam bäuchlings zu liegen und der schwere Leib des übergewichtigen Ladendetektivs, der sich mit seinem ganzen Gewicht auf sie presste, nahm ihr jede

Bewegungsfreiheit. Aus den Augenwinkeln konnte sie, nicht weit von ihr entfernt, die gekrümmte Gestalt des Verkäufers liegen sehen. Und noch etwas konnte sie erkennen. Die Absatzspitze des Schuhs hatte ihr Ziel gefunden.

Die Situation erschien ihr auf einmal völlig albern. Der Gedanke, dass der Verkäufer und sie von zwei verschieden Dingen geredet hatten, kam ihr erst jetzt. Sie drehte den Kopf und versuchte den Ladendetektiv anzusehen.

»Reißende Absätze, verstehen Sie?«, gluckste sie und fing wie irre an zu kichern. »Er hat nur seinen blöden Absatz im Kopf gehabt!«

»Ja, dass ist kaum zu übersehen!« sagte der Ladendetektiv und übergab sich.

## Das Rentier

Das Rentier spricht zum Rentierhalter:
»Wie hoch schätzt du mein Rentieralter?«
»Ach, Rentier«, ruft der Rentierhalter,
»Du bist schon längst im Rentenalter.«

Drauf rennt das Rentier zum Verwalter
der Renten für die Rentierhalter
und fragt am Rentierhalterrentenschalter,
ob´s auch ´ne Rente kriegt im hohen
Rentieralter.

»Denn«, sagt das Rentier, »so´ne Rente,
wenn die ein Rentier kriegen könnte,
käm ich vielleicht als Rentierrentner
auch in ein Rentierpflegealtencenter.«

Der Mann am Schalter zeigt Verdruss.
»Ne Rentierrente? Biste denn bestusst?
Für dich und alle Rentierbiester
gibt´s weder Rente, noch ´n Förderfond
vom Riester!«

Das Rentier fragt: »Warum denn nicht?«
Der Mann sagt: »Na, das rentiert sich nicht!
Wir sind ´ne Renten-Bank für Rentierhalter.
Versuch´s beim Rentierschlachtbank-
schalter.«

Drauf rennt das Rentier, froh an Sinn,
schnurstracks zur Rentierschlachtbank hin.
Geht vorn herein ins Schlachtbankhaus
und kommt als Rentierhalterrentnersteak
zur Hintertüre wieder raus.

Bleibt uns auch dieses Los erspart,
bald trifft ´s den deutsche Rentner hart.
Der Traum vom Rentnerglück,
er stirbt für alle, in der Alterspyramidenfalle.

## Moralloses Gesindel

Eine blinde lahme Taube
saß in einer Gartenlaube,
und hoffte auf den Bräutigam,
der allerdings nicht kam.

Stattdessen kam der schlaue Fuchs,
verkleidete sich als Täuberich
und vögelte sie flugs.
Dann fraß er sie mit Haut und Federn.
Was er nicht wusste: Sie saß nur da,
um ihn zu ködern.

Tags drauf war in der Presse gleich zu lesen,
der Fuchs wär´ so schlau nicht gewesen.
Denn: Wer diene sich als Bräutigam
schon einer blinden lahmen Taube an?

Da dachte manch ein Zeitungsleser:
›So ein Blöder, zuletzt gelacht,
hat da ja wohl der Jäger!‹
Doch ich sag euch, ihr lieben Leut´,
auch der hat sich zu früh gefreut.

Bevor er nämlich konnt den Fuchs
erschießen,
hat dieser ihn noch schnell ins Bein gebissen.
Später dann im Jägerheim
fiel der Jäger bald der Tollwut heim
und starb dann in der dritten Nacht.
Wer, glaubt ihr nun, hat da zuletzt gelacht?

Ich weiß es, aber...vielleicht ist´s auch egal,
wer hält´s denn heut´ noch mit Moral?

Na gut, ich lass es gerne jene wissen,
die der Moral noch beide Füße küssen.

Also: Der ganze Coup, geschickt gemacht,
war von den Tieren ausgedacht!
Denn unter Einsatz zweier Leben,
meine Lieben, ward auch der Jäger
in den Tod getrieben!

Die Taube war nicht blind und lahm,
der Fuchs kam nicht als Bräutigam!
Sie opferten, so hieß es später,
sich als Selbstmordattentäter.

Im Waldesdickicht und im Unterholz,
gedachte man der Tat mit Stolz.
Nur ein ergrauter Dachs,
ein arg vergreister, fauchte leise:
»Na dann, bis zum nächsten Jägermeister!«

## Der schiefe Turm von Kölle

Die Kirche St. Johann Baptist ist keine hundert Meter Luftlinie von meiner Wohnung entfernt. Sie thront über der Nord-Süd-Fahrt an der Severinstraße und gehört zu den ältesten Kirchen in der Stadt.

Aber ihre Glocken können nicht läuten. Es ist etwas passiert. Der Turm steht seit einiger Zeit schief! Seitdem sind auch die Turmglocken verstummt, selbst die große Turmuhr ist stehengeblieben. Die U-Bahn-Bauer haben zu tief, zu nah, zu weit und zu viel gebuddelt. Das Fundament ist weggesackt und alle haben ein schiefes Gesicht gemacht, sich am Kopf gekratzt und den schiefen Turm angestarrt, derweil der auf ein gegenüberliegendes mehrstöckiges Wohnhaus zu fallen drohte.

Jetzt hat Köln einen schiefen Turm, weiß aber nicht so recht, was es mit ihm anfangen soll und Pisa will Klage beim europäischen Gerichtshof einlegen, weil die italienische Stadt auf ihr Copyright pocht.

Mit den Pisianern aber wollten es sich die Kölner nicht verscherzen, entscheiden die doch, mit ihrer nach ihnen benannten Studie, über den Wissensstand anderer Völker und da will man ja am Ende nicht dumm da stehen. Also hat man wieder schief geguckt, weil das eine Auge nach Pisa schielte und das andere auf die Kirche an der Severinstraße, hat sich am Schädel gekratzt und flugs die Stadtkasse geplündert, damit dem Turm schnell wieder zu einem aufrechten Stand verholfen wird.

Eine recht voreilige Entscheidung, denn die ersten Touristen hatten sich schon auf den Weg gemacht, um den Schiefen Turm von Kölle zu besichtigen. Ich selbst habe Freunde und Verwandte, die auf Besuch waren, zur Stätte hoher Ingenieurskunst geführt. Alle haben sich vor Lachen auf die Schenkel geklopft und gerufen: »Typisch Köln!«

Und sie haben jede Menge Fotos geschossen und noch an Ort und Stelle ins Internet gestellt, damit die ganze Welt erfährt, was die Kölner so im Stande sind zu leisten! Welche andere Touristenattraktion in Köln vermag so viel Heiterkeit verbreiten und dem Fremden gleichzeitig zu vermitteln, was typisch Köln ist?

KVB, Stadt und Kirchenvorstand aber zeigten wenig Sinn für den fröhlichen Humor Kölner Bürger und die Neugier schadenfroher Touristen. Manche befürchteten vielleicht auch, der kleine schiefe Turm könne den großen Kölner Dom an Popularität in den Schatten stellen und das wäre tatsächlich einem Sakrileg gleichge-

kommen. Also hat man unter den um 77 Zentimeter geneigten Turm, jede Menge Beton ge-
pumpt und ihn so aus seiner Schieflage befreit.

In eine Schieflage ist dafür etwas anderes geraten. Die Kölner Haushaltslage. Aber da die für
Touristen keine Attraktion ist und keine andere
Stadt dagegen beim internationalen Gerichtshof
Klage einreichen wird, darf die erst mal schief
bleiben. Hauptsache der Turm steht wieder gerade und es kann weiter gebuddelt werden im
treibsandigen Untergrund des einstigen Rhein-
Flussbettes mitten unter dem Severinsviertel.

Dabei hätte der Turm ruhig schief stehen
bleiben können. Gutachter und Statikexperten
bescheinigten ihm, trotz der bedrohlich ausse-
henden Schieflage, eine hohe Standfestigkeit.

Man fragt sich, was die Kölner da geritten
hat. Ein gerader Turm! Wie langweilig ist denn
das!

Da waren die Pisianer viel schlauer. Ihren
schiefen Turm haben sie geschickt vermarktet.
Jährlich kommen tausende von Touristen in die
Stadt, nur um sich mit dem schiefen Turm ab-
lichten zu lassen. Aber die Kölner? Die geben
lieber über eine Millionen Euro für eine Turmbe-
gradigung aus, als Millionen Euros zu scheffeln.

Warum haben die Geschäftsleute, die um die
Attraktivität der Severinstraße immer so besorgt
sind, nicht protestiert? Wie konnten die sich so
eine wunderbare Touristengaudi nur entgehen
lassen? Der Schiefe Turm von Köln hätte der Severinstraße weit mehr Zulauf verschafft, als der
gesamte U-Bahnbau es jemals vermocht hätte.

Im Zuge der Planung zu dem ungeliebten
Bauprojekt, haben die Kaufleute ja auch prote-

stiert, aber nicht gegen den Bau, sondern sie bestanden darauf, dass mitten in die schöne, enge, kleine Severinstraße hinein, eine unterirdische Haltestation gebaut wird, mit zwei riesigen Ein- und Ausgängen.

Dazu muss man wissen, dass die Severinstraße einen Kilometer lang ist. Zwischen den beiden, in der Planung bereits vorgesehenen Haltestationen im Norden und im Süden, liegen aber nur 800 Meter! Ein Kunde, der bis zur Mitte der Einkaufsstraße vordringen will, hätte demzufolge die gewaltige Entfernung von 400 Metern zurückzulegen! Und das zu Fuß!

Eine Zumutung. Also musste eine ganze U-Bahnstation her! 400 Meter sind schließlich kein Pappenstiel. Eine U-Bahnstation dagegen schon.

Wenn demnächst einer der langen KVB-Züge in die Haltestation im Norden einfährt, steht er mit seiner Nase schon fast in der Haltestation ›Severinstraße-Mitte‹. Er muss sozusagen nur ein paar Meter vorziehen. Anfahren und Fahrtaufnehmen wird nicht gehen, da er, bis er wieder gebremst hat, an der Haltestation ›Severinstraße-Mitte‹ vorbei gerauscht sein wird.

Die Hohe Straße, Kölns weltbekannte Einkaufsmeile in Domnähe, ist genau so lang. Auch sie misst in ihrer Länge 800 Meter. Im Gegensatz zur Severinstraße, sieht sie jedoch einer düsteren Zukunft entgegen. Sobald die U-Bahn fertig gestellt sein wird, werden die Kunden wegbleiben. Wer will sich dann auf den 800 Metern Hohe Straße noch die Hacken ablaufen, wenn er auf der Severinstraße 400 Meter einsparen kann?

Schilda lässt grüßen und fragt an, ob man die Severinstraße nicht in ›Schildagasse‹ umbenennen könne. Das aber wird sicher abgelehnt. Die Gefahr einer Verwechslung mit Kölns berühmter Fußgängereinkaufszone ›Schildergasse‹, wäre zu groß. Und irgendwie will man mit den Schildbürgern nichts zu tun haben, trotz der vielen Gemeinsamkeiten.

Schade eigentlich.

Der Schiefe Turm von Kölle hätte da gut ins Bild gepasst.

Anm.: Der Bau-Unfall an der Kirche St. John Baptiste geschah am 29.04.2004. Geschrieben wurde obiger Artikel am 21.11.2005 nachdem am 26.10.2005 der Turm wieder aufgerichtet wurde. Dann, am 03. März 2009 stürzte, keine 200 m von der Kirche entfernt, das Stadtarchiv der Stadt Köln und nebenstehende Häuser ein. Es gab zwei Tote und der Sachschaden geht in die Millionen.

## Das Ruhekissen

Die Bank is weg! Gestern stand sie doch noch da! Und jetzt, über Nacht, einfach weg! Das darf doch nicht wahr sein.

Denk ich noch, gehste was spazieren. Erst mal ne Runde durch den Park und dann hinne zur Bank...und nix. Weg!

Was is los? Isse zusammengebrochen? War se kaputt?

Komisch, dass ich davon nichts bemerkt habe. Sah eigentlich ganz solide aus das Ding. Gewackelt hat da nix, oder so. Das hätt ich doch bemerkt!

Vielleicht ist sie dem zerstörerischen Spieltrieb rücksichtsloser Rowdys zum Opfer gefallen? Oder gieriges Rattenpack hat an ihr genagt? Vielleicht war´s ja auch Parasitenbefall? Gefräßiges Gesocks, das den Bauch nicht voll genug bekommen kann und Gänge bohrt bis die ganze Konstruktion morsch ist und vor sich hinfault?

Das sieht man ja auf den ersten Blick nicht. Da muss man schon genau hingucken und selbst dann, so als Laie...

In Amerika zum Beispiel, da brechen reihenweise Häuser zusammen. Aber nicht wegen der Immobilienkrise, sondern wegen der Termiten.

Da merkst du echt nichts. Die höhlen das ganze Holz von innen her aus und während du Fernsehen guckst, fressen dir die Termiten das Haus unterm Hintern weg. Ehrlich. Da hörste nich mal ein Knistern im Gebälk. Irgendwann bricht dir dann das ganze Haus über´m Kopf zusammen. Da bleibt nicht mehr viel übrig von deinem Besitz.

Vielleicht ist ja so was auch mit der Bank passiert?

Apropos Besitz! Da fällt mir ein: was ist mit meinem Ruhekissen? Das hatte ich doch auf der Bank gelassen. Das ist jetzt auch weg! Gottverdammich! Ich will mein Kissen wieder haben! Die Bank ist mir egal, aber mein weiches Polster will ich gefälligst wieder haben!

Morgen stellen die sicher ne neue Bank hin, aber du glaubst doch wohl nicht, dass dann mein Kissen auch wieder drauf liegt. Das hat sich doch längst irgend so ein habgieriger Schnösel unter den Nagel gerissen! Und ich wette, er hat dabei noch nicht mal ein schlechtes Gewissen!

Das schlechte Gewissen hab dafür jetzt ich! Vielleicht hätt ich das Kissen doch lieber mit nach Hause nehmen und nicht auf der Bank liegen lassen sollen. Dann hätt ich ein reines Gewissen und ein reines Gewissen ist ein sanftes Ruhekissen, so sagt man doch!

Aber jetzt hat es bestimmt ein anderer, sitzt da irgendwo rum, ohne Gewissen auf meinem Ruhekissen und lässt es sich gut gehen!

Möge ihm sein fetter Arsch verdorren!
Und die Pest ihm Beulen schlagen!
In der Hölle soll er schmoren
und sein hartes Herz schon früh versagen!
Mögen ihn die bösen Geister
jede Nacht im Traume quälen
und des Teufels Foltermeister,
bei lebend´gem Leib die Haut abschälen!
Möge er nie Frieden finden,
nicht mit meinem Ruhekissen!
Soll er meine Rach´ ob seiner Sünden
noch im Tode fürchten müssen!

So, das musste mal raus, auch wenn es nix nützt. Morgen steht ne neue Bank da. Und Übermorgen kommen wieder rücksichtslose Rowdys, die ihrem zerstörerischen Spieltrieb nachgehen müssen, oder gieriges Rattenpack, Parasiten, gefräßiges Gesocks befällt die Bank.

Da kann ich nur warnen: Lasst keine Ruhekissen auf der Bank liegen! Die seht ihr nie wieder!

## Sonntag

Morgens auf der Bettsteigkante
hock ich langzeitdösend vor mich hin.
Dicke Augen quellen halbblind
über Beuteldellen, schielen unter
bleigefassten Hängemattenlidern
zerfetzten Schwaden noch
ganz warmer Träume nach,
die aus nachtverwühlten Faltentiefen
verknautschter Deckenberge steigen
und meinen grauen Gipfelkopf,
der schwer in meinen Händen ruht,
in sanfte, dichte Nebel hüllen.

Wie schön, dass heute nichts mich drängt,
und keiner sieht, wie ich als Glotzstier
lustvoll lang, raufaserweiße Wände attackier!

So würd´ ich gern denn hocken bleiben,
als ein aus Stein gehauener Dösewicht,
ein mahnend Denkmal, stumm und starr,
in seinen Marmor tief getrieben,
geschrieben steht die Ruhmestat,
die ich vollbracht nach Plag und Müh
am Sonntag in der Früh:

DER GROSSE DÖSEWICHT VON KÖLN.

EINST HELDENHAFTES IHM GELANG,
ALS ER DIE ZEIT INS STRECKBETT ZWANG.

# Riff-Raff

Riff-Raff rafft im Riff:
Brutal der Übergriff
auf ein Segelschiff
vor der Insel Teneriff!

»Bei Anpfiff, Angriff!
Und dann Zugriff!«
schreit der Sheriff
von der Insel Teneriff.

Beim Scheriff´s Pfiff,
versinkt das Schiff
mit Riff und Raff im Riff
vor der Insel Teneriff.

Riff-Raff ruht im Riff,
kein Angriff, Übergriff
mehr auf ein Segelschiff
vor der Insel Teneriff.

Der Großkaliff vom Riff,
bedankt sich beim Sheriff
mit buntem Tiff-
anyglas aus Teneriff.

# Norfried

»Schahaatz! Kannst du bitte den Abfall raus bringen?«

Ihr tat das Kreuz weh, und sie ärgerte sich zum wiederholten Male über die zu tief eingebaute Spüle, die sie damals nicht reklamiert hatten. Ihre Hände, emsig, vom Schaum verdeckt, versuchten die hartnäckigen, eingebrannten Fettreste am Topfgrund zu entfernen.

Und es war heiß. Die Balkontür stand weit offen. Die Sommerhitze, froh, dass sie ungehindert eindringen konnte, traf sich zu einem Stelldichein mit der vom Mittagessen verbliebenen Resthitze des Kochherdes und das glühende Techtelmechtel der beiden trieb die Temperatur in der kleinen Küche in eine Höhe, wie sie, so dachte sie stöhnend, nur im Vorhof der Hölle vorherrschen konnte.

»Schahaatz!«, rief sie noch einmal, »bring doch bitte endlich den Abfall raus!«

Wahrscheinlich hatte er mal wieder auf seinen Ohren Platz genommen oder gab sich seiner ›Muttertaubheit‹ hin, ein Wort, dass er heiß und innig liebte und bei jeder Gelegenheit, ob passend oder unpassend, anzubringen imstande war. Witzig fand er das. Ha, ha!

Sie schwitzte. Und wie sie schwitzte! Sie hasste es. Es war ihr äußerst unangenehm und sie spürte, wie der Ärger ihre Reizbarkeit weckte, die übrigens nie tief in ihr schlummerte, sondern stets an der Oberfläche leicht zu dösen schien.

»Scheiß Werbung!«, schimpfte sie entnervt. »Von wegen: Beseitigt hartnäckige Flecken spielend leicht! Einen Dreck tut es!«

In einem Anfall ungebremster Wut scheuerte sie plötzlich wild darauf los, so dass der Schaum in alle Richtungen flog und ein dicker Schwall des schon gelbbräunlich verfärbten Spülwassers über den Rand schwappte, auf den Boden klatschte und sich in einer breiten Lache um ihre Füße versammelte.

»Scheiße, Scheiße!«, brüllte sie im Zurückspringen, worauf sie völlig unkontrolliert eine hektische, halbe Drehung vollzog und dabei den Scheuerschwamm hasserfüllt an die gegenüberliegende Wand schleuderte. Hätte sie ihn vorher ausgewrungen, der Schaden wäre nur halb so schlimm gewesen. So aber hinterließ er einen hässlichen Fleck, mit einer hübschen, weit ausschweifenden Korona großer und kleiner Spritzer. Vom Zentrum des Aufschlages aus, hatte das Spülwasser es jetzt eilig, in breiten, senkrechten Bahnen den Boden zu erreichen.

Das reichte! Sie kochte! Zuviel hatte sich angestaut! Jetzt, sofort, musste sie Dampf ablassen, bevor sie explodierte. Sie ballte die Fäuste. Aufgeheizt, wie ein Atomkraftwerk kurz vor dem Gau, stampfte sie zur Tür. Und dann brüllte sie so laut, dass selbst ihr die Ohren klingelten.

»Norfried, wenn du jetzt nicht sofort kommst und den Abfall runter bringst, bringe ich dich um!«

Die malträtierten Stimmbänder begannen heftig zu schmerzen, aber das Schreien tat so gut! So gut!

Dann erschrak sie heftig. So hatte sie ihn noch nie angebrüllt. Wie würde er darauf reagieren? Er konnte ja so gemein werden. Sie fürchtete seine Hinterhältigkeit, mit der er sie manchmal überraschte. Seine Attacken kamen oft unerwartet, waren beleidigend, verletzend und meist stand sie ihnen völlig wehrlos gegenüber, zu geschockt um Paroli bieten zu können.

Sie lauschte gebannt.

Ein Seufzer war aus dem Wohnzimmer zu hören und dann, endlich, ein Schlurfen von pantoffelbekleideten, aber entsetzlich müden Füßen, die ängstlich darauf bedacht waren, sich nicht zu schnell über den Parkettboden zu wagen. Nach einer unendlich langen Zeit verdichtete sich etwas zu einem diffusen Schatten im Türrahmen. Dann erst, im Takte langer Sekunden, materialisierte sich eine gebeugte Gestalt im Gegenlicht des sonnendurchfluteten Wohnzimmers, verdichtete sich zu einem fleischlichen Körper und sie sah, wie Norfried schwer atmend innehielt. Nachdem er sich ihrer ungeteilten Aufmerksamkeit vergewissert hatte, watschelte er wie ein uralter, grauer Waran langsam auf sie zu. Mit jeder seiner auf ein Minimum beschränkten Bewegungen, machte er ihr unmissverständlich klar, dass er schwer an einer Last trug, die das ganze Leid und all den Schmerz der Welt in sich barg.

›Oh Gott, bitte nicht schon wieder!‹ dachte sie.

Ohne sie eines Blickes zu würdigen, mit hängenden Schultern und den Blick zu Boden gerichtet, drückte er sich stumm an ihr vorbei. In der Küche zog er betont langsam den überquellenden Plastikbeutel aus dem Mülleimer. Kaffeesatz, eine Bananenschale, platt gequetschte Zigarettenkippen und ein paar zerknüllte Tempotaschentücher fielen dabei zu Boden. Er machte keine Anstalten, sich danach zu bücken, sondern warf ihr nur einen langen, gequälten Blick zu und trottete im Zeitlupentempo durch den Flur in Richtung Haustüre.

Das war zuviel! Jetzt brachte er das Fass zum Überlaufen! Auf diese, ihr sattsam bekannte Paradenummer, konnte sie heute beim besten Willen verzichten! Sie nahm all ihren Mut zusammen. Nie mehr würde sie sich von ihm etwas gefallen lassen. Egal, wie sehr er ihr hinterher auch zusetzen mochte mit seinen Demütigungen, die nur darauf abzielten, ihre Bemühungen, seiner überlegenen Rhetorik sprachlich etwas entgegen zu setzen, ins Lächerliche zu ziehen und ihr ›geistiges Niveau‹, wie er es nannte, zu beklagen.

»Hör ja auf, den armen, geplagten Ehegatten zu spielen!«, fuhr sie ihn an. »So wie du hier rum schleichst, kannst du dich gleich mit wegschmeißen! Selbst als Müll bist du nicht wieder verwertbar!«

Seine Antwort bestand daraus, dass er mit

Wucht die Tür hinter sich zuwarf. Es gab einen furchtbaren Knall, der quer durchs Treppenhaus raste.

Kurz darauf klingelten bei der Polizei und der Seismologischen Station vor den Toren der Stadt einige besorgte Bürger an, um zu erfahren, ob ein Erdbeben stattgefunden hätte. Was denn zu tun sei, wenn Panik ausbräche und ob eine Evakuierung bevorstünde? Polizei, wie Forscher registrierten irritiert, dass sämtliche Anrufer die gleiche Adresse angaben. Da die Seismographen keinerlei Ausschläge verzeichnet hatten, die Anrufer aber in glaubhafter Besorgnis zu sein schienen, beschloss man vorsichtshalber, vielleicht im Laufe des Nachmittags, einen Streifenwagen vorbei zuschicken, um nach dem Rechten sehen zu lassen.

Ihr war schlecht. Sie hatte sich zu sehr aufgeregt. Sie musste sich hinlegen und etwas schlafen und zwar sofort. Auf einen Zettel schrieb sie ›Lass mich in Ruhe!‹ klebte ihn mit einem Stück Tesafilm an die Schlafzimmertüre und verkroch sich ins Bett.

Ein schrilles Klingeln riss sie aus ihren Träumen. Es dauerte eine Weile, bis ihr bewusst wurde, dass es an der Haustüre Sturm läutete.

»Jetzt hat der Idiot auch noch den Schlüssel vergessen!«, stöhnte sie.

Ihr Blick fiel auf die Uhr an ihrem Handgelenk. Mein Gott, es war schon halb fünf! Da musste sie ja ganze drei Stunden geschlafen haben. Das konnte nicht Norfried sein. Der saß doch sicher längst wieder in seinem Sessel vor dem Fernseher. Warum ging er denn nicht aufmachen?

»Norfried!«, rief sie, »schaust du bitte mal nach, wer da wie ein Irrer klingelt!«

Sie wartete vergeblich auf eine Antwort. Das Klingeln hielt an. Das war ja nicht zum Aushalten! Wütend strampelte sie sich aus dem Bett. Sie nahm sich nicht einmal die Zeit etwas überzuziehen, sondern raste mit hochrotem Kopf zur Haustüre, riss sie auf und schrie: »Was soll das blöde...«

Sie verstummte jäh.

Herr Schlecker, der Nachbar von gegenüber, schaute wie gebannt auf ihren verrutschen roten Spitzen-BH, der nur mit äußerster Mühe die schweren weißen Brüste im Zaum halten konnte. Während sich auf seinem Gesicht ein schiefes, durchaus lüsternes Grinsen breit machte, glitten seine Augen langsam und gierig nach unten zu ihrem hauchdünnen, knapp sitzenden roten Slip.

Wie hatte sie nur vergessen können, sich etwas überzuziehen? Erschrocken und voller Panik schmiss sie ihm die Türe vor der Nase zu. Zum zweiten Mal raste an diesem Sonntag ein furchtbarer Knall quer durch das Treppenhaus, mit den schon bekannten Folgen für die Polizei und die Erdbebenstation.

Schwer atmend, mit dem Rücken an die Wand gelehnt, stand sie hinter der Tür und rang nach Fassung. Ihr Atem ging so schnell, dass ihre Brüste wild auf und nieder hüpften und der BH es schließlich aufgab sie noch festzuhalten. Neugierig sprangen sie hervor, doch dann fielen sie enttäuscht herab, wahrscheinlich, weil es nichts mehr zu sehen gab.

»Hallo?«

Der Nachbar stand immer noch im Hausflur.

Sie hörte ihn empört schnaufen. Dann klopfte er energisch an die Tür.

»Hallo? Hören Sie? Mit mir spricht er ja nicht!«

Dumpf drangen seine Worte durch das Holz, erreichten ihr Ohr, aber nicht das Gehirn. Sie war immer noch damit beschäftigt, die aufsteigenden Panikattacken zu bekämpfen. Da er keine Antwort bekam, wurde sein Ton aggressiver.

»Also richten Sie Ihrem Mann aus: So geht das nicht! Der Container ist nur für Hausmüll. Wenn er ihn nicht freiwillig räumt und die städtischen Container für Glas-, Pappe- und Plastikverpackungen drüben an der Ecke benutzten will, werde ich mich bei der Hausverwaltung beschweren! Außerdem gibt es ja auch noch den Sperrmüll!«

Sie verharrte in völliger Regungslosigkeit. Kein Laut kam ihr über die Lippen. Unschlüssig begann der Nachbar vor der Türe mit seinen Schuhen herumzuschubbern. Zwischen seinem ärgerlichen Gemurmel konnte sie nur die Worte ›asozial‹ und ›Schlampe‹« klar heraus hören. Nach ein paar Minuten, die ihr wie eine Ewigkeit vorkamen, entfernten sich endlich seine Schritte, eine Tür fiel zu und es folgten die Geräusche von Kettengerassel, Riegelgeschiebe und weiteren Schließvorgängen von mindestens fünf einbruchsicheren Patentschlössern.

Sie stöhnte leise auf, löste sich von der Wand, ging, immer noch leicht benommen, zurück ins Schlafzimmer und zog sich an. Nachdem sie den Schock überwunden hatte, kehrte ihre Wut mit aller Macht zurück. Was für ein Dreckskerl! Ihr so impertinent auf das Höschen zu glotzen!

Wo aber steckte Norfried? Mittlerweile war es fast achtzehn Uhr. Kein Mensch braucht dreieinhalb Stunden, nur um ein Plastiksäckchen mit Müll rauszubringen?

Entschlossen griff sie sich ihren Hausschlüssel und verließ die Wohnung. Im Treppenhaus war es totenstill. Das war ungewöhnlich für einen gewöhnlichen Sonntagabend. Nicht mal das Geplärre eines Fernsehapparates war zu hören. Kein Kleinkind schrie. Kein Ehekrach lärmte durch die dünnen Wände. Keine Halbwüchsigen ließen wummernden Techno-Beat in voller Lautstärke auf die Menschheit los. Seltsam war das, fast unheimlich! Im Parterre angekommen, beeilte sie sich mit dem Aufschließen der Hintertür, um endlich in den Hof zu gelangen. Als sie diesen betrat, blieb sie wie angewurzelt stehen. Drüben bei dem Müllcontainer, standen sie alle, die Nachbarn. Standen da, rührten sich nicht und sprachen kein Wort. Starrten aber wie gebannt, mit regungslosen Mienen, in den Müllbehälter. Sie entdeckte zwei Polizisten in der Menge. Einer davon drehte sich gerade herum, sah sie fragend an und flüsterte dann seinem Kollegen etwas zu. Der zog daraufhin seinen Kopf aus dem Container, zuckte mit den Schultern und starrte sie an.

Das Herz klopfte ihr bis zum Hals. Was hatte das zu bedeuten? Was war da los? Bestimmt hatte es etwas mit Norfried zu tun. Das wurde ihr mit einem Schlag klar. War er verletzt? Vielleicht gar tot? Ermordet?

Auf einmal wurde sie ganz ruhig. Warum erschreckt mich der Gedanke nicht, dachte sie, warum rege ich mich nicht auf? Langsam ging sie auf die Menschentraube zu, mitten in ein betretenes Schweigen hinein. Keiner blickte sie direkt an, aber sie bildeten eine Gasse, so dass sie Zugang zum Container bekam.

»Wir haben einen Anruf erhalten.«

Einer der Polizisten trat auf sie zu.

»Wegen eines Erdbebens, doch dann trafen wir auf diese Versammlung hier...und fanden das da...wir wollten sie gerade holen...und...«

Er stockte, denn ihm wurde bewusst, dass sie ihm überhaupt nicht zuhörte, ihn nur verständnislos ansah.

»Bitte«, sagte sie, »bitte sagen Sie mir was los ist.«

Der Polizist zeigte mit dem Finger stumm auf den Container. Sie drehte sich um und spähte vorsichtig hinein. Zuerst sah sie nichts. Das heißt, sie sah Müll, nichts als Müll. Müll wie er sein sollte. Müll, wie es sich für einen anständigen Müllcontainer gehörte. Und es stank auch, wie sie zugeben musste, wie Müll. Was sollte das? Warum haben alle in den Müll gestarrt?

Endlich sah sie es.

Ein pantoffelbekleideter Fuß! Sie erkannte ihn sofort. Ein Stück weiter konnte sie ein halbes Bein mit Hüfte ausmachen. Ja, das war die graue Jogginghose, die er getragen hatte. Und weiter oben war ein Büschel hellbrauner Haare zu erkennen. Dicht an ihrem Ohr sagte jemand:

»Er lebt! Aber er will nicht mit uns sprechen und irgendwohin mussten wir ja mit unserm Müll. Wir haben uns echt bemüht, nicht alles auf ihn drauf zu werfen. Aber Sie wissen ja, was innerhalb einer Woche so an Abfall anfällt. Und morgen früh kommt die Müllabfuhr.«

Langsam erfasste sie die Ungeheuerlichkeit

des Geschehenen. Dieser gemeine, hinterhältige Kerl! Dafür würde er büßen müssen!

»Ich habe gesagt, er solle sich gleich mit wegschmeißen«, sprach sie mit leiser, zitternder Stimme. Sie war erstaunt, wie leicht es ihr fiel, wie gut sie Hilflosigkeit und Trauer zur Schau stellen konnte. Es gelang ihr sogar ein paar Tränen zu produzieren, die sie, als sie ihr über die rundlichen Backen zu laufen begannen, unbeholfen mit dem Handrücken abwischte.

»Würden Sie mich bitte mit meinen Mann alleine lassen«, bat sie die Nachbarn. Sie wandte sich an die beiden Streifenpolizisten. »Es geht schon in Ordnung, wir haben uns nur ein bisschen gestritten und manchmal reagiert er darauf etwas exzentrisch.«

Die Versammlung der Nachbarn löste sich mit erstaunlicher Geschwindigkeit auf. Da kein Verbrechen vorlag und es sich nur um einen banalen Ehestreit handelte, erlosch das Interesse schnell. In den Wohnungen warteten die Sportschau, die Kinder, das Abendessen, das Bier und auch der Schnaps. Die Polizisten, erleichtert, dass es für sie nichts mehr zu tun gab, tippten an ihre Schirmmützen und trollten sich vom Hof.

Endlich allein, überraschte sie die Wucht und Intensität, mit der eine unbändige Wut von ihr Besitz ergriff. Ihr ganzer Körper bebte vor Zorn als sie in den Container starrte.

»Was für ein Witz! Ha, ha!«, zischte sie Norfried an, der gerade seinen Kopf aus einem Haufen Kartoffelschalen befreite und sie mit einem frechdreisten Ausdruck in den Augen anblickte.

»Ich dachte, ich zeige dir mal, was passiert, wenn ich dich beim Wort nehme. Vielleicht wird dir das eine Lehre sein und du überlegst dir in Zukunft vorher genauer, was und wie du etwas zu mir sagst.«

Da war er wieder, der Oberlehrer, der Schulmeister, der Alleswisser, Besserkönner, der ihr fortwährend sagen musste, wie sie was zu tun hatte, sie ständig zurecht wies, besonders dann, wenn sie Gäste hatten, ihr mit Vorliebe über den Mund fuhr, sie korrigierte, nur um sie als dummes, kleines Weibchen vorzuführen. Sein Anblick war ihr unerträglich. Ihr Blick wandte sich von ihm ab, schweifte über die Hausfassade und inspizierte jedes Fenster. Niemand war zu sehen. Kein neugieriger Nachbar stand, hinter einer Gardine versteckt, auf Beobachtungsposten.

»So, und jetzt geh mal bei Seite. Ich muss hier raus und unter die Dusche. Ich stinke wie ein Schwein!«, sagte er barsch, dann schüttelte er den Kopf. »Dass ich so weit gehen musste, nur um dir endlich einmal klar zu machen...ach, was soll´s, ist eh Hopfen und Malz verloren...soll nur hinterher keiner sagen, ich hätte nicht alles versucht!«

Das spöttische Grinsen klebte ihm immer noch im Gesicht, als er begann sich aus dem Müll zu erheben. Sie stand wie versteinert. Die Demütigung war tief greifend. Wie konnte sie sich in Zukunft noch im Spiegel anschauen, wenn sie jetzt nicht etwas unternahm, um das zurück zu erlangen, was er ihr in all den Ehejahren Stück für Stück genommen hatte, ihren Stolz, ihr Ehrgefühl und ihre Selbstachtung. Einem jähen Impuls folgend, ergriff sie blitzschnell den Containerdeckel und mit all ihrer Kraft, die sie aufzubringen vermochte, schlug sie ihn zu. Es gab einen dumpfen Schlag, ein leises Stöhnen und die plötzliche Stille, die darauf folgte, erfüllte sie mit einer tiefen Genugtuung. Endlich hielt er den Mund! Schluss mit den Zurechtweisungen, den arrogant erteilten Ratschlägen, den belehrenden Vorträgen, den verletzenden Kommentaren!

Vorsichtig hob sie den Deckel wieder an. Norfried lag in tiefer Bewusstlosigkeit. Seine Augen waren geschlossen, aber immer noch stand dieser grässliche, arrogante Ausdruck in sein Gesicht geschrieben. Dieses elende Gesicht! So abstoßend, so hässlich, so verhasst!

Ihr Blick registrierte die entleerte Plastiktüte einer Supermarktkette zwischen dem Müll zu seinen Füssen. Sie fasste danach und ohne das ihr Gewahr wurde, was sie tat, zog sie Norfried mit einer blitzschnellen Bewegung die Tüte über den Kopf. Endlich war es weg! Dieses Gesicht. Dieses widerliche Gesicht! Mit zittrigen Fingern knotete sie die zwei Halteschlaufen eng unter seinem Kinn zusammen. Dann, mit einer sie selbst überraschenden Entschiedenheit, verschloss sie den Container, wobei sie darauf achtete, dass der Deckel dicht auflag. Ohne sich noch einmal umzudrehen ging sie über den Hof zurück ins Haus.

In der Wohnung angekommen, verschloss sie die Türe und schob den Riegel vor. Im Wohnzimmer öffnete sie die Glasvitrine, in der Norfried seinen Alkoholbestand aufbewahrte und goss sich einen Whiskey ein. Mit dem randvollen Glas in der Hand schlenderte sie ans Küchenfenster, dass der Hofseite zugewandt war und öffnete es weit. Sie brauchte sich nicht hinauszulehnen, um den Container im Blickfeld zu haben.

»Prost Norfried!«, flüsterte sie und genehmigte sich einen großen Schluck, der ihr angenehm in der Kehle brannte. Als die Dunkelheit hereinbrach und die Nacht sich wie ein Leichentuch über Hof und Container legte, verließ sie, leicht beschwipst, ihren Wachtposten am Fenster und schlüpfte noch einmal hinaus in den Hof. Eine halbe Stunde später legte sie sich im Schlafzimmer zur Nachtruhe hin. Sie löschte die kleine Lampe auf dem Beistelltisch. Bevor sie völlig erschöpft in einen tiefen Schlaf fiel, dachte sie noch, wie schön es war, das Bett für sich ganz allein zu haben.

Am nächsten Morgen war die Müllabfuhr pünktlich um acht Uhr zur Stelle. Jemand hatte den Deckel des Containers mit einen Stück Draht verschlossen. Das führte bei den Müllmännern erst zu Irritationen. Da er sich aber leicht entfernen ließ und die Zeit wie immer drängte, widmete man dem Vorfall nicht mehr Aufmerksamkeit, als nötig. Kurze Zeit später stand der Container wieder im Hof, frisch entleert und bereit neuen Abfall, welcher Sorte auch immer, entgegen zu nehmen. Die Rauchentwicklung der Müllverbrennungsanlage am Rande der Stadt zeigte an diesem und in den nächsten Tagen keinerlei Auffälligkeiten.

Anmerkung: Täglich werden in Deutschland zwischen 150 und 250 Personen als vermisst gemeldet. 50 % dieser Vermisstenfälle klären sich innerhalb einer Woche auf, 80 % binnen eines Monats, 97 % innerhalb eines Jahres. Die Personenfahndung wird nach 30 Jahren eingestellt. Quelle: Wikipedia

## Das Hungertuch

 Gut betucht bin ich nicht. In meinem Schrank liegen ein verschlissenes Hungertuch und ein einsames Handtuch. Ach ja, ein ungebügeltes Schnupftuch mag vielleicht in einer dunklen Ecke auch noch zu finden sein. Aber das war´s schon. Mehr Tuch habe ich nicht.

Gut betuchte Leute haben kein Hungertuch. Handtücher und Schnupftücher dagegen haben sie zuhauf. Sie kleiden sich in feines Tuch und ihre Schneider sind reich. Ihre Betttücher sind aus Damast und das Vorhangtuch aus Brokat. Morgens hüllen sie sich in Morgenmäntel aus flauschigem Frotteetuch (im Winter) oder glänzendem Seidentuch (im Sommer). Sie können es sich leisten, die Möbel ihrer Wohnung zum Schutz vor Staub mit großen weißen Leinentüchern zu bedecken, wenn sie für mehrere Monate an die Côte d´Azur fahren. Dort gehen sie dann mit ihresgleichen auf Tuchfühlung.

Das nenne ich gut betucht sein!

Wie gesagt, ich bin nicht gut betucht. War es noch nie.

Ins Hungertuch scheine ich mich fest verbissen zu haben, seit ich mich vor über vier Jahrzehnten entschloss, mein Brot als Musiker zu verdienen.

Und da ist noch das Handtuch. Doch trotz des ständigen Nagens am Hungertuch, kann ich mich nicht dazu entschließen, es einfach zu werfen. Das Handtuch.

Wohin soll ich es auch werfen? Einfach so in die Luft? Damit es mir dann zurück auf den Kopf fällt, wenn man mir mal wieder gehörig den Kopf gewaschen hat?

Oder einfach auf den Boden? Nur damit ein anderer Depp es aufhebt und mit dem gleichen Unsinn weiter macht? Oder, wie es einmal schon passiert ist, es aufhebt und mir in die Hand drückt mit den Worten: "He, Sie haben da ein sehr schönes Handtuch verloren. Sie sollten wirklich nicht so schnell aufgeben!".

Und wenn er es nicht aufhebt, soll es da verdreckt und verknautscht herumliegen, während ich meine Hände in Unschuld wasche oder sie mir schmutzig mache?

Es ist schließlich mein einziges Handtuch!

Handtuch und Hungertuch stehen in einer sehr engen Verbindung. So lange ich das Handtuch nicht werfe, werde ich wohl weiter ins Hungertuch beißen müssen.

Werfe ich es, bin ich vielleicht beide los. Dann habe ich überhaupt kein Tuch mehr. Ach, da ist ja noch das Schnupftuch! Aber wann bin ich schon mal verschnupft? Und außerdem, was soll ich mit einem altmodischen Schnupftuch? Das ist eh unhygienisch. Wenn ich Schnupfen habe, benutzte ich lieber dreilagige Tücher aus Papier. Die sind schnell entsorgt und man trägt die Schnupfenviren nicht ständig mit sich herum.

Aber mal ehrlich: Was soll das Ganze? Ob gut betucht oder auch nicht. Am Schluss bleibt uns allen doch nur eines.

Das Leichentuch.

## Wahre Liebe

Dir zu Liebe, habe ich mit dem Trinken auf
gehört.
Dir zu Liebe, rauche ich nicht mehr.
Dir zu Liebe, wechsele ich täglich die Socken.
Dir zu Liebe, benutze ich jetzt ein Deodorant.
Dir zu Liebe, trage ich nur noch
Markenklamotten.
Dir zu Liebe, habe ich mir die Haare
schneiden lassen.
Dir zu Liebe, pinkele ich nicht mehr
im Stehen.
Dir zu Liebe, benehme ich mich nur noch
meinem Alter entsprechend.

Dir zu Liebe, kann ich mir zu Liebe, leider
nichts mehr tun.

Denn dir zu Liebe, habe ich mir eine große
Aufgabe selbst gestellt: Die Selbst-Aufgabe.

Dir zu Liebe muss ich jetzt eilen...

Ich muss noch meine Selbst-Aufgaben
machen!

Dir zu Liebe.

## Brühler Landstraße

Die Nutte in der Nacht,
ich hätt´ sie beinah umgebracht,
mit meinem Fahrrad totgefahren,
(sie war noch jung, doch alt an Jahren)
zu Ostern, auf der Brühler Straße,
die ich im dritten Gang lang rase.

Dort zwischen Köln und Meschenich,
wo im Waldstück eine Parkbucht liegt
und keine Straßenlampen brennen,
nur Karnickel um die Wette rennen,
stand sie im Dunkeln plötzlich da,
mit ihrem falschen blonden Haar,
stand mitten auf dem Fahrradweg
und grinste schräg.

Gottlob, konnt´ ich zur Seite schwenken,
das Rad noch in die Büsche lenken.
»Wat isss?«, schrie sie. »Sind wir am pennen?
Ich hätte mausetot sein können!
Ich zeig dich an, fährst du mich nicht
zurück zum Kölnberg in Meschenich!«

Warum ich´s tat? Ich weiß es nicht.
Vielleicht sprach nur ihr Kindgesicht
Von einem trost-, lieblosen Leben,
so hab ich schließlich nachgegeben.

Sie saß dann hinten auf dem Rad
Am Schluss war´n beide Reifen platt.
Am Kölnberg ließ sie mich dann steh´n
Ohn´ Dank und ein Auf Wiedersehen.

Das Rad schob ich dann etwas später
nach Haus zurück, zehn Kilometer.

Ich habe sie noch oft gesehen
Vom Kölnberg hin zur Parkbucht gehen.
Dort steht sie in der Dunkelheit
allein mit sich und ihrer Einsamkeit.

Es schlagen oft beim Schmiedefeuer
Auf´s Eisen ein zu viele Ungeheuer.
Man ist nicht seines Glückes Schmied,
wer so was sagt, der lügt.

## Muse, Muse, Pampelmuse

 Er tigert in der Wohnung auf und ab. Ruhelos durchstreift er die Zimmer, die Küche, den Flur, das Bad. Immer wieder und wieder. Hin und her. Hin und her. Ein verstörtes Raubtier in einem viel zu engen Käfig. Finster ist sein Gesicht. Er muffelt, grummelt, stöhnt, ächzt, seufzt und leidet, leidet, leidet. Denn sie will nicht. Sie will einfach nicht. Sie will ihn einfach nicht küssen. Die Muse.

Er wird immer gereizter. Seine schlechte Laune färbt ab. Auf seine Umgebung und auch auf seine Frau. Die einst weiße Raufasertapete überzieht schon ein dunkler Grauschleier. Auch seine Frau sieht grau aus. Alles sieht irgendwie grau aus heute. Grau. Einsam. Grausam.

»Mein Gott, was ist los mit dir?«

Sie ist besorgt. Er aber fährt sie an. Sie soll ihn gefälligst in Ruhe lassen. Schließlich wartet er. Er muss sich konzentrieren. Er wartet auf die Muse.

Ob sie das nicht verstehen kann?

»Du mit deiner blöden Muse! Dann bleib´ wenigstens in deinem Zimmer und stänkere nicht in der ganzen Wohnung herum!«, faucht sie zurück.

Es ist nicht das erste Mal. Sie kennt das schon. Sie hasst ihn, wenn er in diesem Zustand ist. Er kennt dann keine Gnade, schafft es immer wieder sich selber und allen anderen das Leben zur Hölle zu machen.

»Ich brauch´ das eben!«, grummelt er in sich hinein.

Auch das ist ihr nicht neu.

»Muss es unbedingt die Muse sein? Ein Kuss von mir tut´s wohl nicht?«, fragt sie höhnisch.

»Bah! Auf deinen Judaskuss kann ich gut verzichten!«, zischt er gehässig durch die zusammengepressten Lippen.

Angewidert verzieht er das Gesicht. Zu spät bemerkt er, dass sie ihn in diesem Moment ansieht. Ihre Augen nehmen einen seltsamen Ausdruck an, werden um einige Nuancen dunkler, die Pupillen verengen sich, erstarren kurz, beginnen dann, ihn zu durchbohren, scheinen seine Gedanken lesen zu können. Für einen kurzen Augenblick glaubt er, einen Schatten über ihr Gesicht huschen zu sehen.

Doch im nächsten Moment ist sie schon wieder ganz die alte. Sie schnappt sich das Geschirrhandtuch, schwingt es mit der Hand hin und her, lässt es hoch über ihrem Kopf kreisen und tanzt hüpfend um ihn herum.

Sie lacht. Dann fängt sie an zu singen, falsch, schräg und sehr schrill:

»Die Muhuse, die Muhuse,

kommt heut nicht zum Geschmuhuse,
der Herbert ärgert sich,
der Herbert ärgert sich,
er ärgert sich ganz fürchterlich!«

Oh Gott! Wenn er eins nicht vertragen kann, dann ist es dieses kindische, alberne Verhalten. Das hat man davon, wenn man eine Frau heiratet, die es nur bis zur Mittleren Reife gebracht hat, denkt er. Bedauert hat er das schon oft. Wie soll sie bei ihrem Bildungsstand auch Respekt vor ihm haben, vor seiner humanistischen Bildung, seinem scharfen Intellekt, seinem hohen Allgemeinwissen. Oder gar Verständnis. Wie jetzt zum Beispiel. Verständnis für seine Arbeit, seinen Beruf als Schriftsteller, für sein manchmal quälendes Ringen um Kreativität, Ideen, neue Wortschöpfungen und die Wahl der richtigen Worte. Für seine unaussprechlichen Qualen, die er so oft dabei durchleiden muss.

Ob sie überhaupt weiß, was eine Muse ist? Sie hält sie wahrscheinlich für eine dieser tropischen Früchte aus Südostasien, eine *Citrus Maxima*. Muse, Pampelmuse, ha, ha, ha!

Sein Zorn wächst und düngt mit bitterschwarzem Hass den übersäuerten Nährboden aus Neid, Unzufriedenheit und Unsicherheit am Grunde seiner Seele.

Pampelmuse! Ha! Wie kann man nur so dämlich sein!

Hätte er doch nur auf seine Mutter gehört! Sie, die in dieser Stadt einen der bedeutendsten Literaturzirkel der Bundesrepublik aufgebaut hat. Sie, die Herrn Marvel Scheich-Paniermehl persönlich kennt und zu ihrem engsten Freundeskreis zählt. Sie, die beinahe mit dem Hahne-büchner-Preis ausgezeichnet worden wäre! Sie hatte ihn schon damals vor einer Liaison mit dieser Frau aus den ›einfachen Kreisen‹, wie sie mit spitzen Mund zu sagen pflegte, gewarnt.

»Eine Sekretärin! Großer Gott, auch noch bei einer Gebäudereinigungsfirma?«, hatte sie entrüstet gerufen. »Mein lieber Junge, so eine Frau ist doch völlig unter deinem Niveau! Wahrscheinlich liest sie nur Groschenheftchen!«

Das tat sie zwar nicht, aber nicht erst seit heute bereut er seinen Entschluss, sie gegen den Willen seiner Mutter geheiratet zu haben.

Ach, wäre er doch nur bei seinem geliebten Mamachen geblieben. Sie hatte sich nie über ihn beschwert. Im Gegenteil. Sie hatte ihn umsorgt und immer versucht ihm eine angenehme Atmosphäre für sein kreatives Schaffen zu bereiten.

Wie oft war sie auf leisen Sohlen spät nachts noch in sein Zimmer gekommen, wenn er tief in seine Arbeit versunken in den Monitor seines PCs gestarrt hatte, mit einer Tasse Tee in der Hand, die sie vorsichtig neben seinen Ellbogen auf dem Tisch zu platzieren pflegte und wieder spürt er, wie sie hinter ihm steht, wie ihre Hand sanft über sein Haar streichelt, seinen verspannten Nacken krault, hört, wie sie mit leiser Stimme murmelt: »So ein guter Junge, so ein guter Junge, so ein guter Junge...«

Die Stimme verhallt, aber ihr Echo schlägt plötzlich von allen Seiten auf ihn zurück, wird immer gewaltiger, schneller, lauter, multipliziert sich ständig mit sich selbst, wird zu einem Chor der tausend Stimmen, die ihn schließlich umkreisen wie ein tosender Orkan.

Ihm wird schwindelig.

»Mama...?«, flüstert er.

Da schlägt ihm etwas ins Gesicht.

»Mama, bitte nicht schlagen!«, winselt er leise. »Bitte, bitte nicht schlagen...«

Eine erneute Berührung. Er öffnet die Augen. Das vorbei flatternde Geschirrhandtuch bringt ihn jäh in die Enge der Küche zurück, zu seiner hüpfenden Frau, die ihn immer noch wie ein Mond seinen Heimatplaneten umkreist und immer noch dieses alberne Lied singt. Infantiles Gehabe! Er spürt, wie es tief in seinem Innern zu kochen beginnt.

»Hör sofort auf!«, brüllt er, doch kein Ton dringt durch seinen fest geschlossenen Mund.

Natürlich hüpft sie weiter, tobt lachend und singend um ihn herum, wie ein ausgelassenes Kind. Immer wieder streift das flatternde Geschirrhandtuch seine Wangen. Ihr Gesang steigert sich, die Stimme wird höher, noch schneidender, kippt, überschlägt sich.

»...der Herbert ärgert sich,
der Herbert ärgert sich,
er ärgert sich ganz fürchterlich!«

Tief in seinem Inneren geschieht etwas. Rührt sich ein kleines, hässliches Geschwulst. Hat dort schon viel zu lange auf der Lauer gelegen, geduldig an seinen Darmwänden nagend, immer wieder bittere Galle ausscheidend, böse und gefährlich. Doch nun bewegt sie sich, die Geschwulst. Dehnt sich, streckt sich, richtet sich auf, wächst, wuchert, langsam erst, dann immer schneller, wechselt ständig Form, Gestalt und Farbe, mutiert schließlich zur Furie, abscheulichste aller Bestien, bewaffnet mit langen, krummen

Klauen und mächtigen, schimmernden Reißzähnen im geifernden Maul, wild, wütend, wahnsinnig, bäumt sich auf, brüllt voller Urgewalt, sprengt plötzlich, ohne jede Vorwarnung den Biedermannkokon ihres Wirtes, zerfetzt mit gnadenlosen Prankenhieben die glatte Hülle des feinen, so ehrbaren Akademikers, schleudert sie weit von sich, fegt sie mit irrem Gelächter beiseite.

Und dann, mit einem Mark erschütternden Schrei, der durch seine Innereien jagt, tritt sie plötzlich hervor, zeigt ihre wahre Gestalt, ihr wahres Gesicht, zeigt sich in ihrer ganzen hässlichen Nacktheit: Da ist sie! Die Wut! Blinde Wut! Rasende Wut. Kochende Wut. Brodelnde Wut. Tobende Wut. Irrwitzige Wut!

Wut, Wut, Wut !!!

Während sie geifert, brüllt, wie eine Besessene tobt und mit unvorstellbarer Macht letzte Barrieren moralischen Bedenkens niederreißt, ist ihm äußerlich nichts anzumerken.

Er wird immer ruhiger. Ganz ruhig. Unbeweglich steht er da, schaut starr zum Küchenfenster hinaus und sagt mit eiskalter, aber leiser Stimme:

»Zum letzten Mal: Hör auf!«

Er gibt ihr aber keine Zeit darauf zu reagieren. Er schlägt einfach zu. Nicht etwa mit der flachen Hand. Viel zu lange schon hält er die Fäuste fest geballt an seinen Körper gepresst. Warum sollte er sie jetzt öffnen?

Er schlägt gezielt zu. Fest, hart und brutal.

Es gibt ein hässliches, platschendes Geräusch. Wie in Zeitlupe sieht er, wie Ihr Kopf zur Seite fliegt. Sie taumelt, reißt erschrocken die Augen auf, ungläubiges Entsetzen im Blick. Eine dicke, purpurrote Schlange schießt aus ihrer Nase, als wolle sie ihn attackieren. Sie stolpert, reißt einen Stuhl um, fällt über ihn, stürzt rücklings, schlägt mit dem Hinterkopf auf den Rand der Spüle und geht zu Boden.

Es ist totenstill in der Küche.

Ein unheimliches Gefühl der Genugtuung durchströmt ihn. Man kann Kindern nicht alles durchgehen lassen, denkt er und blickt wieder starr aus dem Küchenfenster. Man muss ihnen zeigen, wo ihre Grenzen sind. Sonst verwahrlosen sie. Tanzen einem auf der Nase herum. Da muss es ab und zu schon mal einen Klaps geben. Hatte seine Mutter ihn jemals geschlagen? Er weiß es nicht, kann sich nicht mehr erinnern. Sie wird es nicht nötig gehabt haben. Er wusste immer, wann er zu gehorchen hatte.

Eigentlich ist ihm körperliche Gewalt zuwider. Immer gewesen. Aber auch er hat schließlich seine Grenzen. Sie hat sie überschritten. Die Grenzen des Erträglichen. Da hatte er einschreiten müssen. Sie muss lernen zu verstehen, ihn nie wieder derart zu reizen, ihn so unverschämt zu provozieren. Nein, das hätte sie nicht tun sollen! Es wird ihr eine Lehre sein.

Er dreht sich abrupt um und geht. Verlässt die Küche. Sie wird sich schon wieder aufrappeln. Wird erkennen, dass die körperliche Züchtigung notwendig war, dass sie ihn respektieren, achten und seine Autorität anerkennen muss. Schließlich sind sie zivilisierte Menschen. Ohne Werte wie Respekt, Anstand und Achtung ist ein Zusammenleben in einer Ehe nicht möglich. Das unterscheidet uns doch von den Tieren. Oder?

Als er in seinem Arbeitszimmer am Schreibtisch sitzt, versucht er erneut, sich zu konzentrieren. Auf das Wichtige, Bedeutende, Erhabene in seinem Leben. Auf seine schriftstellerische Arbeit und die Muse! Bald schon hat er alles um sich herum vergessen, ist abgetaucht in seine einsame Welt des Leidens und der Qual.

Warum kommt sie nicht? Er braucht sie doch so dringend. Nach all den Jahren weiß er genau, wie sie aussieht. Hat ein genaues Bild der Frau vor Augen, die ihm in Gestalt der Muse heimzusuchen pflegt. Mama wäre entzückt von ihr gewesen. Sie sieht ihr sogar ähnlich.

Gierig lechzt er nach ihrem Kuss. Einem langen feuchten, unendlich tiefen, drängenden Kuss. Einem schlangengleichen Zungenkuss, der ihm bis in die Gedärme fährt, dort seine Kreativität zum Leben erweckt, damit sie sich aus dem Bauch heraus einen Weg ans Licht suchen kann. Aber bitte mit Umweg über das Gehirn. Und nicht einfach nach hinten heraus!

Wie bei vielen anderen Künstlern, die auf diesem Wege nur gequirlte Scheiße produzieren und damit auch noch einen Haufen Geld verdienen!

Das Gehirn muss mitspielen! Kopf braucht es und Bauch auch. Sie sind es, die das unschlagbare Produzenten-Team von Einfällen bilden, tausendfachen Einfällen, originellen, witzigen, spannenden, dramatischen, vielleicht absurden aber dennoch glänzenden Einfällen. Wenn genügend Einfälle sich in seiner geistigen Atmosphäre gesammelt und eine gewisse Dichte erreicht haben, so weiß er, entsteht Reibung, die nach Entladung sucht. Dann, ja erst dann, zucken die ersten genialen Geistesblitze auf, die es wert sind, sie auf seinem Papier einschlagen zu lassen. Geistesblitze! Das ist es, was er jetzt braucht! Ein Gewitter voller Geistesblitze. Ein Blitzgewitter, eine gewaltige Sturmwolke, ein Wolkengebirge aus elektrisierender Energie, das erbarmungslos mit entfesselter Urgewalt seine Kreativität freisetzt.

Er wartet. Horcht angestrengt in sich hinein. Nichts rührt sich. Die Leere im Kopf bleibt. Einzig ein paar graue Nebelschwaden wabern ziellos umher und in seinem Bauch blubbert nur der kalte Tee, an dem er gerade eben noch genippt hat.

Er steht auf, tapert wieder hin und her. Ob Mama ihm wohl eine neue Tasse Tee machen kann? Plötzlich sehnt er sich nach ihrer Umarmung, dem sanften Streicheln seines Nackens. Vielleicht ist sie ja in der Küche.

Er geht zur Tür, doch sie lässt sich nicht öffnen. Warum ist sie verschlossen?

Er rüttelt an der Klinke. Hat er sie etwa selbst abgeschlossen, damit er nicht wegen jeder Kleinigkeit bei der Arbeit gestört wird? Aber warum steckt dann der Schlüssel nicht im Schloss?

Mit den Händen fährt er in seine Hosentaschen. Nichts! Verflucht, der Schlüssel muss doch irgendwo sein! Wo kann er ihn nur hingelegt haben?

Plötzlich geht das Licht aus und er steht da in völliger Dunkelheit. Ein Stromausfall, schießt es ihm durch den Kopf. Irgendwo liegt doch noch ein Feuerzeug herum. Er hatte es aufgehoben, damals, als er noch bei Mama gewohnt hatte und sie ihm das Rauchen verboten hatte. Einmal noch erwischte sie ihn dabei, wie er am Fenster stand und heimlich an einer Zigarette zog. Danach hatte er es nie wieder gewagt. Diese entsetzlichen Schmerzen...Blutergüsse...

»So schädlich können Zigaretten für deinen Körper sein«, hatte Mama hinterher gesagt und ihn, wie ein kleines Kind, in ihren Armen gewiegt, bis er eingeschlafen war. Dann hatte sie das Licht ausgemacht.

Wie jetzt auch.

»Mama?«

Die Dunkelheit hat ihm die Orientierung genommen. Wo ist denn jetzt die Tür? Er macht ein paar unsichere Schritte, streckt die Arme aus und tastet ringsum in die Schwärze hinein.

Verflucht! Warum hat sie das Licht ausgemacht? Ist das ihre kleingeistige Rache, weil er sie hatte züchtigen müssen? Will sie ihn mit diesen kleinen Sperenzchen piesaken, mürbe machen, um seinen Verstand bringen? Dieses Miststück! Er könnte sie umbringen!

»Mach sofort das Licht wieder an!«, brüllt es laut aus ihm heraus. »Sofort, oder ich bringe dich um!«

Plötzlich spürt er etwas. Einen Hauch? Ein Luftzug? Ist sie es? Jetzt? Die Muse? In diesem Moment der Finsternis?

Die Ahnung einer Idee, noch winzig klein, glimmt sacht, ganz sacht in seinem Kopf auf. In seinem Bauch beginnt es leise zu kribbeln und zu krabbeln. Ja, das muss sie sein! So hat es immer angefangen.

Oh Muse, komm! Komm!

Und sie kommt. Sie kommt so heftig, so gewaltig, dass er durch die Wucht des Aufpralls nach hinten taumelt. Sie muss einen riesigen Mund haben, denn sie stülpt ihre Lippen mit solch unerwarteter Begierde über sein Gesicht, dass es fast vollständig bedeckt ist.

Und dann passiert es wirklich, sein Traum wird wahr! Es wird ein langer, feuchter, unbeherrschter, drängender, saugender Kuss, der schließlich mitten auf seiner Nase Pirouetten dreht und sich dabei immer tiefer in sein Gesicht schraubt.

»Mama?«

Erstaunt hat er seinen Mund geöffnet, will ihren Kuss beglückt erwidern. Doch da schmeckt er ihn.

Er ist sauer! Schrecklich sauer! Warum ist er sauer? Süß sollte er sein. Zuckersüß. Aber er ist sauer!

Ätzend sauer! Er verschluckt sich, bekommt einen Hustenanfall und öffnet entsetzt die Augen. Das hätte er nicht tun sollen, denn jetzt dringt die Säure in seine Augen. Es brennt so stark, dass er sie schließen muss.

Sein Kopf ruckt zurück und kann sich für einen kurzen Moment dem drängenden Kuss entziehen. Durch seine schmerzenden und halb geschlossenen Augen, aus denen jetzt die Tränen schießen, meint er eine diffuse graue Gestalt im Nebel stehen zu sehen. Sie hat den Arm ausgestreckt und versucht schon wieder, ihm etwas ins Gesicht zu drücken!

Er weicht einen Schritt zurück. Doch schon rückt sie nach und quetscht ihm brutal dieses widerliche, nasse, undefinierbare Ding ins Gesicht. Drückt und dreht es auf seiner Nase hin und her, damit es noch mehr saure Flüssigkeit absondert, die nun in Strömen an seinem Hals herunter läuft.

»Da hast du deine Muse!«, schreit eine Stimme, so laut, dass es ihm in den Ohren hallt.

Er keucht und japst, begreift immer noch nicht ganz, was ihm zugestoßen ist. Mit beiden Händen wischt er sich die klebrige Flüssigkeit aus dem Gesicht. Er blinzelt und presst immer wieder die Augenlider zusammen. Das Brennen lässt langsam nach. Und plötzlich, mit einem Schlag, ist er hellwach. Begreift endlich, was geschehen ist. Citrus maxima!
Wie widerlich! Er flucht und brüllt los, schreit lauthals seine Enttäuschung hinaus. Ein langer verbitterter Schrei zerschneidet die Luft!

Und dann ist sie wieder da! Die Wut! Blinde Wut! Rasende Wut. Kochende Wut. Brodelnde Wut. Tobende Wut. Irrwitzige Wut! Nackte Wut!

Wut! Wut! Wut!

Er rast blind durch das schwarze Nichts, fegt irgendwelche Gegenstände zu Boden. Manche gehen zu Bruch, andere wiederum geraten unter seine breiten Füße, verändern dabei Form und Gestalt. Sein Gebrüll heult und tost so laut, dass selbst ihm der Kopf zu platzen droht. Er wirft sich zu Boden, trommelt mit den Fäusten auf den Boden, wirbelt herum und tritt mit den Füßen um sich.

»Mama! Mama! Mama! Ich bring dich um!«, schreit er ein ums andere Mal. Immer wieder. Immer wieder.

Plötzlich wird es taghell. Das Licht ist so grell, dass er die Hände schützend über die Augen legen muss. Das Licht tut weh. Entsetzlich weh! Der Schmerz fährt wie ein gleißender Blitz durch seinen Körper. Seine Gliedmaßen zucken hin und her, sein Kopf schlägt auf und nieder, seine Zunge rutscht ihm dabei in den Rachen. Das Gefühl zu ersticken, zu ertrinken...

»So ein guter Junge, so ein guter Junge, so ein guter Junge...«

Das Gesicht seiner Mutter. Sie beugt sich über ihn. Sie lächelt auf ihn herab. Aber es ist kein liebevolles Lächeln. Es ist voller Verachtung, Arroganz und Boshaftigkeit.

»Mama, bitte nicht schlagen«, greint er los und windet sich unter ihrem harten Griff, mit dem sie ihn zu Boden drückt.

»So ein guter Junge, so ein guter Junge, so ein guter Junge...«

Auf einmal kann er diese Stimme nicht mehr ertragen. Es gelingt ihm sich aus ihrem Klammergriff zu befreien, seine Hände schießen vor, legen sich um ihren Hals und drücken mit aller Kraft zu.

Voller Genugtuung beobachtet er, wie das Lächeln abrupt erstirbt, wie sich ihr Mund weit öffnet und nach Luft zu schnappen beginnt. Die Augen treten aus den Höhlen hervor, jähe Todesangst im glasigen Blick. Ha! Wie er diesen Ausdruck liebt! Er drückt noch fester zu. Das verhasste Gesicht verfärbt sich purpurrot, schwillt an, die Tränensäcke blähen sich auf, der Kopf windet sich auf dürrem Halse hin und her im vergeblichen Versuch dem Schraubstock seiner Hände zu entkommen. Falsche Schlange! Du entkommst mir nicht!

Noch einmal ruckt ihr Kopf empor, streckt sich fleischig Zunge durch bleckende Zähne, spürt er die Vibrationen eines letzten Röchelns durch den Hals hindurch auf den Innenseiten seiner Hände.

Dann sackt ein schwerer Körper auf ihn herab. Das Gesicht fällt auf seines, ihr toter Mund trifft auf seinen. Ein letzter Todeskuss.

Er erwidert ihn. Umschlingt ihn gierig mit seinen Lippen. Drückt, saugt, presst. Oh Gott, wie hat er sich danach gesehnt. So lange schon! So lange schon!

Damals, als er noch ein zarter Knabe gewesen war, hatte sie ihn auch geküsst. Er hatte versucht seine Zunge zwischen ihre Zähne zu drängen, mit ihrer Zunge zu spielen, so wie er es bei anderen Liebespaaren und in Filmen schon gesehen hatte. Angewidert hatte sie ihn von sich gestoßen, mit beiden Händen erst und dann mit ihrem Taschentuch, das stets mit Eau de Cologne beträufelt war, heftig ihre Lippen abgewischt und mit, von Ekel verzerrtem Gesicht, ausgespuckt, immer wieder, immer wieder, bis keine Spucke mehr kam, sie nur noch grobe und gemeine Schimpfwörter ausspucken konnte, Wörter, die er von ihr noch nie gehört hatte und die ihn bis auf die Grundmauern seiner Seele erschütterten, ihn so tief verletzten, dass diese Wunde in all den Jahren noch immer schwärte und nicht verheilen wollte.

Die körperlichen Wunden, die sie ihm kurz darauf zufügte, erst mit ihren bloßen Händen und dann, als ihr das nicht genug erschien, mit einem breiten Uniformgürtel mit schwerer metallener Koppel seines im Krieg gefallenen Vaters, heilten erst nach Wochen, und obwohl sie mit Cremes, Salben und Tinkturen alles tat, um sie ungesehen zu machen, blieben feine Narben zurück, die sich bis heute unter seinen Körperhaaren zu verstecken suchten.

Oh Mama, warum hast du mich nie wieder geküsst? Warum musste ich den Ekel in deinem Gesicht erschauen. Bin ich nicht dein Fleisch, dein Blut?

Ein leises, regelmäßiges Ticken dringt durch die Dunkelheit an sein Ohr. Er schlägt die Augen auf. Das Ticken wird lauter. Verwirrt wendet er den Kopf. Wo kommt dieses verdammte Ticken her? Dann sieht er die Uhr an der Wand. Verdammte Küchenuhr! Hat ihn geweckt. Aus heiliger Mittagsruhe gerissen, die er doch immer so nötig braucht, um danach wieder frisch im Geiste sich der Schreibkunst zu widmen.

Diese blöde Kuh! Hat dieses Monstrum unbedingt haben wollen. Eine Bahnhofsuhr! Das wäre doch schick, hatte sie gesagt. Er war strikt dagegen gewesen. Sie aber hat sich einfach darüber hinweg gesetzt und das blöde Ding gekauft. Jetzt hängt es da an der Wand, laut wie ein Presslufthammer. Das muss weg. Jetzt sofort wird er sie herunternehmen, mit einem  Hammer in ihre Einzelteile zerlegen und dann ab in den Müll damit.

Er richtet sich auf, bemerkt erst jetzt, dass er auf dem Küchenboden liegt. Wie seltsam. Dann hat er wohl doch nicht geschlafen. Vielleicht hat er nur etwas gesucht, das ihm zu Boden gefallen ist und dabei die Zeit vergessen? Das passiert ihm ab und zu schon mal, oft dann, wenn er in Gedanken an einem Thema herumkaut, über das er schreiben will. Er blickt um sich. Zwischen die Stuhl- und Küchentischbeine hindurch sieht er plötzlich eine Gestalt vor der Spüle am Boden liegen. Auf allen Vieren krabbelt er, an einem umgefallenen Küchenstuhl vorbei, auf das Bündel zu.

Was fällt der denn ein, hier einfach auf dem Küchenboden einzuschlafen, denkt er. So eine Schlampe, kann sie sich nicht wenigstens im Wohnzimmer auf die Couch oder ins Bett legen? Muss sie hier auf dem dreckigen Küchenboden...?

Sie liegt auf der Seite. Das Gesicht ist von braunen, rötlich schimmernden Haaren bedeckt. Gestern noch hatte sie eine Henna-Packung draufgeschmiert. Er findet das abscheulich. Ekelig, wie sie dann immer herum läuft, während orange-brauner Hennasabber an ihrer Stirn herunter läuft. Bah!

»He! Wach auf!«

Er packt sie grob an den Schultern, schüttelt sie heftig und ungeduldig.

Ihr Kopf pendelt hin und her, das Haar gleitet zur Seite und gibt das Gesicht frei. Es ist nur noch eine blutverschmierte Masse Fleisch, mit einem klaffenden Loch in einer tiefer Wunde, dort wo einmal der Mund gewesen sein muss. Erschrocken lässt er sie fallen, schaut ungläubig in das entstellte Gesicht, fängt an zu wimmern, zu zittern, sein Körper krümmt sich, spannt sich, krümmt sich, wurmgleich, auf und ab, auf und ab.

»Mama, Mama, Mama...!«

Plötzlich ist ihm das Blut verschmierte Gesicht ganz nahe, das klaffende Loch verzerrt zu einem makaberen Grinsen. Zwei Hände schießen hervor, legen sich um seinen Hals, halten fest, drücken zu, zwei Eisenzwingen, die sich immer enger schrauben. Er ist viel zu überrascht, um an Gegenwehr zu denken. Er hätte es auch nie gewagt sich zu wehren. Mama war ihm an Geistes- und Körperkraft haushoch überlegen gewesen. Das hatte sie ihn immer spüren lassen. Eine starke Persönlichkeit mit einem eisernen Willen und einer unbarmherzigen Verachtung gegenüber allen, die schwächer waren als sie.

Die Hände drücken ihm die Luft ab. Er spürt, wie ihn der Schwindel erfasst, seine Sicht sich trübt und sein Herz immer schneller anfängt zu schlagen, zu rasen, die letzten Kräfte mobilisiert in diesem aussichtslosen Wettlauf um sein klägliches Leben.

»Wie macht er sich heute?«

Mama?

Plötzlich spürt er sein Herz nicht mehr. Er schwebt, schwerelos, von jeder Last befreit, in einem Vakuum aus Dunkelheit und Leere. Sein Kopf wird schwer, ganz schwer, fällt herab auf ihr Gesicht, sein Mund kommt auf ihrem toten Mund zu liegen, dem blutgetränkten Loch in tiefer klaffender Wunde. Ein Abschiedskuss. Ein letzter Todeskuss.

»Er sieht nicht gut aus.«

»Tut mir leid, aber wir tun alles in unserer Macht Mögliche.«

Er hört die Stimmen, spürt wie eine Hand leise seinen Nacken streichelt. Mama ist zurück gekommen. Sie ist wieder da!

»Mein guter, guter Junge!«

»Küss mich, Mama!«

## Der Weiße, der wie ein Schwarzer singt

»*Neeee, wat war dat doll voll!*«

»Hallo??? Wer ist da bitte?«

»*Doll voll geil, war dat!*«

»Wie bitte? Wer ist denn da?«

Eigentlich hatte ich das Gespräch nicht mehr entgegennehmen wollen, es war schon fast dreiundzwanzig Uhr und jetzt hing mir irgend ein lüsterner Hurenbock am Ohr, der es mir mit seinem geilen Gestöhne voll sabbelte.

»*Doll voll geil, echt, äjj, doll voll krass, doll voll der Hamma!!!!*«

Ich stöhnte.

Er schien dies als Aufmunterung zu verstehen. Hörbar erregt hechelte er: »*Dat war so doll voll, dat war echt 'n voll dolles Ding!*«

Meine gute Stimmung war wie weggeblasen. Noch vor fünf Minuten war ich in bester Laune von der Kunststation St. Peter am Neumarkt nach Hause gekommen. Dort hatte die junge, weißrussische Komponistin Oxana Omeltschuk ihr Preisträger-Konzert gegeben. Vor Kurzem war ihr der Stipendiumpreis der Stadt Köln für Neue Musik während eines andachtsvollen Festaktes im heiligen Hansa-Saal des Kölner Rathauses überreicht worden. Bei einer ihrer Kompositionen, einem mit ›Couplet‹ betitelten Stück, hatte sie mich gebeten, die Sprech- und Gesangsrolle zu übernehmen und mir vor einigen Wochen eine Partitur in die Hand gedrückt, auf der auch die Gitarre mit wohltemperierten Slide-Einsätzen in der Notenschrift auftauchte. Etwas perplex hatte ich auf die Partitur gestarrt und ihr dann gestanden, dass ich weder Noten noch Partitur lesen könne. Aber, wie die stinkenden Bauern zu dem schläfrigen Puschkin im Jahre 1829, sagte sie einfach: »Macht nix!«

Es hat tatsächlich ›nix gemacht!‹. Die zwei Konzerte, die ich mit der sympathischen Oxana Omeltschuk absolvieren durfte (Rathaus u. Musikhochschule), waren ohne Pannen über die Bühne gegangen und auch bei der dritten Aufführung in der Kunststation St. Peter, die ich gerade verlassen hatte, war ich glänzend zurecht gekommen...

»Du warst echt voll gut drauf, doll war dat da, echt supergeil...!«

Meine Gedanken waren abgeschweift, ich hatte ihm gar nicht mehr zugehört, jetzt hallte mir nur sein ›supergeil‹ in der Ohrmuschel.

»...volles Dollhaus, war dat da! Haste bestimmt auch echt doll, voll die Härte für maloocht, vorher, was?«

Es schien ihm nichts auszumachen, dass ich beharrlich schwieg.

»*Voll geil, geil, geil, janz doll!*« fuhr er unbeirrt fort. »*Haste dich auch sicher echt doll, voll die Kanne, für gefreut, nachher, was?*«

Langsam dämmerte es mir, dass ich vielleicht doch nicht einen dieser penetranten Telefon- Sexisten in der Leitung hatte und tatsächlich...

»*Doller Volltreffer, haste da gelandet! He, Bargel, Mensch, hörste mir überhaupt zu....?*«

Ich stutzte. Der Mensch weiß, wie ich heiße, dachte ich. Etwas ungewöhnlich für einen anonymen Verbal-Perversling. Normalerweise sprechen die einen nicht mit Namen an.

Um mich nicht zu blamieren, sagte ich einfach: »Bist du es?«

»*Ja, na klar, der Ecki, der aus´m Backes! Ich hab´ dich doch da vor ein paar Jahren an der Theke mal voll angelabert, ob du nich... Mensch, Bargel, altes Haus, erinnerst du dich etwa nich mehr...ha, ha, ha...biste wohl auch schon voll doll veralzheimert, was?*«

»Ach du bist es, natürlich weiß ich....!« Die Lüge ging mir überraschend glatt von den Lippen, obwohl ich weder wusste, wer Ecki war, noch wovon der dolle, wahrscheinlich bis zur Halskrause volle, ehemalige Thekenkumpel sprach.

»*Die Zeedee-Prraeservaaeh, prrraesidiaeh, prrrreside na eh Mann wat brabbel isch dawieda fürn Scheiss,äh, die Prrrrraesentation, Mann, Bargel, die war doll!!!! Echt!*«

Endlich machte es bei mir ›Klick!‹. Worüber Ecki sich so überschwänglich ausließ, betraf die Präsentation meiner neuen Album-Produktion ›Bones‹ am vergangenen Montag im Theater der Keller! Er musste tatsächlich dort gewesen sein und genau hingeguckt haben, denn schon lieferte er mir handfeste Beweise seiner gnadenlosen Beobachtungsgabe.

»Mensch, Bargel, versteh ich doch, wenn du da voll doll aufgeregt warst am Anfang. Deine rechte Hand hat voll doll gezittert, manchma hatt´se doll und manchma hatt´se voll daneben gegriffen am Anfang. Dafür ging´s dann abba später, nach´m Anfang, ja janz doll voll ab und doll, wie duda voll den Blues abgezupft hast.«

Gezupft! Bin ich ein Zupfgeigenhansel? Wörter, wie ›gezupft‹, im Zusammenhang mit meiner Musik gebraucht, lassen den Säuregehalt meines Magens ansteigen, weil ›zupfen‹ zu oft in Begleitung von ›trällern‹ daher kommt. In Presseberichten werde ich auch oft als ›Blues-Barde‹ bezeichnet. Sind die noch ganz bei Sinnen? Bin ich ›Walther von der Vogelweide‹, ein Minne unter des Burges Zinne, der die Laute für keuschheitsbegürtelte Augenweiden zupft und dazu herzschmerzige Lieder trällert?

»Du, Bargel, voll doll deine neue Zeedee. Wollte ich dir nu ma höchst persönlich zu gratulieren. Nee, echt, du klingst voll wie´ n Schwarzer. Janz doll, glaub mir. Kamma kaum glauben, daste en Weißer bist.«

Die Magensäure rannte mir die Speiseröhre hoch und brannte sich in meinen Kehlkopf ein. Ich stürzte zum Wasserhahn und fluchte auf Ecki und alle selbsternannten Kritiker seinesgleichen, aber auch auf jene wohlwollenden Journalisten und Rezensenten, für die ich immer der ›Weiße, der wie ein Schwarzer singt‹ bin.

Mir ist es ehrlich gesagt, schnurzegal, ob ich schwarz oder weiß singe. Ich singe, wie ich singe, wie ich singen muss und kann! Rein zufällig singe ich den Blues, aber dafür kann meine Hautfarbe nichts! Es gibt berühmte schwarze Opernsänger und Opernsängerinnen, die ›weiße‹ europäische Musik hervorragend interpretieren. Schreibt da jemand vielleicht in einer Rezension: ›Grace Bumbry klingt wie eine Weiße aus Bayreuth‹?

Genauso blödsinnig hört es sich an, wenn geschrieben wird: ›Bargel klingt wie ein Schwarzer aus dem Mississippidelta‹!

Ausländische Musiker weißer Hautfarbe bleiben von solchen Vergleichen meist verschont.

Der britische Musiker John Mayall singt wie eine zu hoch eingestellte Heulboje, trotzdem wird er zu Recht für einen bedeutenden Bluesmusiker gehalten und kein Schwein kümmert sich darum, ob er auch wie ein Schwarzer klingt!

Doch hierzulande wird der Schwarz-Weiß-Vergleich immer dann aus der Kiste geholt, wenn es sich um einen heimischen, also deutschen Bluesinterpreten handelt.

Nein, ich bin nicht erbost darüber, manchmal nur etwas genervt. Das Schwarz-Weiß-Denken ist so überholt wie eine alte Adler-Schreibmaschine mit Farbband, mit der man auch nur zwei Farben, nämlich Rot und Schwarz, ins Papier hauen konnte.

Vielleicht sollte ich ein Rundschreiben an alle Musikjournalisten und Rezensenten senden mit der Bitte, die Wörter ›zupfen‹ und ›Barde‹ einmal auf ihren Ausdruck an Respekt dem Künstler gegenüber zu überdenken und die Phrase ›Er singt wie ein Schwarzer‹ auf unterschwelligen Rassismus?

Mein Thekenkumpel Ecki muss munter weiter geplaudert haben, denn nachdem ich vom Luft- und Wasserholen an den Apparat zurück gekehrt bin und den Hörer aufhebe, ist er noch in der Leitung.

»...weißte, du oller Bargel, eigentlich find ich, dass nur Schwarze richtig Blues singen können, abba bei dir Mann, könnt ich ächt ne Aussssnahme machen...«

»Ja Ecki, nett von dir«

»Weißte, bei nem Schwarzen klingt das doch ächta, abba nichts für ungut ne, du bis ächt nah dran, find ich doll!«

»Ja, Ecki...«

»Noch ma: war doll, äij, mach man weiter so!«

»Mach ich, Ecki, mach ich und...danke für den Anruf.«

# Philosophische Abendgedanken im Bett

Manchmal denk ich ja, dass ich bin.
Manchmal denk ich, ja, das bin ich.
Manchmal denk ich, ja, bin ich das?
Manchmal denk ich, ja, ich bin das!

Manchmal denk ich ja, dass ich nicht bin.
Manchmal denk ich, ja, das bin nicht ich.
Manchmal denk ich, ja, bin ich das nicht?
Manchmal denk ich, ja, ich bin das nicht!

Manchmal denk ich ja, dass ich doch bin.
Manchmal denk ich, ja, das bin ich doch.
Manchmal denk ich, ja, bin ich das doch?
Manchmal denk ich, ja doch, ich bin das!

Manchmal denk ich, wer bin ich wann?
Manchmal denk ich, was bin ich wo?
Manchmal denk ich, wann bin ich wer?
Manchmal denk ich, wo bin ich wann?

Manchmal denk ich wenig,
manchmal denk ich mehr,
manchmal denk ich bloß,
bin ich manchmal nur gedankenlos?

## Das Loch im Glück

Es war einmal ein Loch,
das war noch nicht benannt.
Es stand, zu klein, fast unsichtbar,
an einer Ziegelwand.
Es hatte keinen Rahmen,
und war auch nicht sehr tief,
es blühte welk im Sommer,
derweil´s im Winter schlief.

Der Jahreszeiten viele,
die gingen schnell ins Land,
bis dass ein Zeitungsredakteur,
(weil arbeitslos), das Loch zufällig fand.
Er füllte einen Tuppertopf,
mit Äpfeln von dem Pferde,
steckte dort das Löchlein rein
damit´s was Großes werde.

Und als ein Jahr vergangen,
zur nächsten Sommerzeit,
da war das Loch gewachsen,
hausgroß und auch so breit.
Da freute sich der Redakteur,
nur eines fehlte noch,
ein Name und weil´s Sommer war,
nannt er es *Sommerloch*.

Und plötzlich, eines Abends,
er glaubte erst nicht dran,
fing langsam und dann schneller
das Loch zu sprechen an.
Es quiekte wie ein kleines Schwein,
wahrlich kein Ohrenschmaus,

doch es erfand und dachte sich
verrückte Lügenmärchen aus.

Der Redakteur hat schnelle
die Hände sich gerieben
und dann mit Bleistift auf Papier,
den Unsinn mitgeschrieben.
Und jede Zeitungsredaktion,
an guten Storys knapp,
die druckte seine Lügenmärchen
der Sommerflaute wegen ab.

So ist der reich geworden,
und züchtet Zeitungsenten,
stellt sich vielleicht auch bald zur Wahl
zum Bundespräsidenten.
Dem Sommerloch ist das egal,
noch darf es weiter lügen,
doch wird es, Gottlob, wieder bald
im tiefen Winterschlafe liegen!

# Hotelgeschichten eines Zimmermännchens

*Die authentischen und schonungslosen Offenbarungen eines männlichen Zimmermädchens, niedergeschrieben im Jahre des Herrn 2003*

## Vorwort und Vorwarnung

 Die folgenden vier Geschichten sind nichts für zartfühlende Zeitgenossen und feinsinnige, mit schwachen Nerven ausgestattete Gemüter. Manch eine Schilderung mag dem Leser auf den Magen schlagen, ihn entsetzen und empören.

Empören aber sollte sich der Leser nicht über die drastischen Beschreibungen des Autors, sondern über die Zustände, die er aufdeckt.

Die Dinge auf eine galantere Art beim Namen zu nennen, so rechtfertigt er sich, würde den zu oft bitteren Wahrheitsgehalt seiner Erzählungen das Gewicht nehmen. Nur so könne er den Leser zu einem wirklichen Verständnis des Erlebten führen.

Viele Schilderungen sind wahrheitsgetreu wiedergegeben. Bei wenigen handelt es sich um reine Fiktion. Die überhöhten, ins karikaturhafte gesteigerten Beschreibungen einiger Personen, sind fern der absoluten Wahrheit und entspringen der Phantasie des Autors.

Der Autor hat in den Jahren 2001 bis 2006 für eine Kölner Gebäudereinigungsfirma gearbeitet. 2003 war er zudem für mehrere Monate als Zimmerreinigungskraft in einem Kölner Hotel tätig. Seine in dieser Zeit gemachten Erfahrungen und Erlebnisse statteten ihn mit einem umfangreichen Fachwissen aus.

## 1. Tag

Ich öffne die Tür zu Nummer 10 und pralle gegen eine Wand aus beißendem Gestank. Die abgestandene Zimmerluft ist dick wie ein aufgegangener Hefeteig und von einem säuerlichem Schweißgeruch durchsetzt. Über allem liegt der stechende Geruch einer erst kürzlich stattgefundenen Verklappung dünnflüssigen Darminhaltes.

Es ist Atem beraubend. Die bullernde Hitze der voll aufgedrehten Zentralheizung hat in dem winzigen Zimmer während der langen Stunden menschlicher Okkupation zu einer hohen Verdichtung der Gase geführt.

Die Mischung ist brisant. Eine offene Flamme, nur ein Funken und schon KAAWUMMM! - weg wäre das Hotel!

Die Vorstellung allein ist reizvoll.

Es juckt mich in den Fingern nach dem Feuerzeug in meiner Hosentasche zu greifen. Jedoch, kann ich es verantworten, dass die Severinstraße in ihrer vollen Länge in ein Trümmerfeld verwandelt wird? Dem Gasgemisch wäre bei einer Explosion eine derartige Zerstörungskraft durchaus zuzutrauen.

Die linke Hand fest über Mund und Nase gestülpt, hechte ich mit zwei hastigen Sprüngen zum Fenster und reiße beide Flügel auf. Nach Luft ringend beuge ich mich weit aus dem Fenster und versuche den würgenden Brechreiz loszuwerden. Zum wiederholten Male bereue ich zutiefst, diesen Job angenommen zu haben.

Zäh wabern die Gase. Die dicke Luft will nicht raus. Draußen ist es ihr zu kalt. Sie ignoriert die Fensteröffnung und rührt sich nicht von der Stelle. Ich stehe unter Zeitdruck. In Kürze wollen neue Gäste einziehen. Gewalt ist mir zuwider, doch hier hilft nur ein gewaltiger Durchzug.

Ich eile zurück in den Gang. Mit einem Ruck öffne ich das Fenster, welches in den dunklen, von verwahrlosten Tauben und ihrem Kot voll bekleckerten Hinterhof führt. Über den engen Kamin, der nach fünf Stockwerken in ein kleines Fleckchen grauen Himmels mündet, haben kluge Leute ein feinmaschiges, grünes Netz gehängt, um der ständigen Bombardierung durch Vogelmist Einhalt zu gebieten. Aber es ist längst verschlissen und zerrissen und die Tauben gurren sich die Hucke voll. Sie haben ihre Anstrengungen verdoppelt, die Auffüllung des Kamins bis zur nächsten Jahrhundertwende abzuschließen.

Eine Taube hat´s böse erwischt!

Sie ist bei meinem stürmischen Fensterauftritt erschreckt aufgeflogen und zappelt nun in einem der herunterhängenden Fetzen des Schutznetzes. Mit ruckigen, hektischen Flügelschlägen versucht sie sich loszureißen. Ihre Augen quellen hervor und starren mich voller Panik, aber auch vorwurfsvoll an. Ich habe das Netz nicht aufgehängt und finde es ungerecht, wieder einmal als Schuldiger am Unglück anderer ausgeguckt zu werden. Um der Taube zu beweisen, dass ich kein schlechter Mensch bin, gehe ich ins Treppenhaus, um einen Besen zu holen, den ich dort abgestellt habe. Zurück am Fenster hangele ich mit dem Stiel so lange nach der Taube im Netz, bis ich den Dreckspatz endlich in der Hand halte. Behutsam befreie ich die runzelige Kralle vom grünen Zwirn und der Vogel hält ganz still. Ein paar Flaumfedern rieseln leise auf mich herab, als mein Täubchen sich flatternd durch den Hinterhofschlot zum Himmel aufmacht.

Ein Abschied mit hoher Symbolkraft. Ich habe in meinem Leben auch so manche Federn lassen müssen, nachdem andere mich aus den Strickfallen und Fangnetzen des Lebens befreit haben. Der notgelandete Mauersegler dagegen, den ich vor ein paar Jahren aufpäppelte und dann von der Kölner Südbrücke in die Freiheit entließ, hat mir doch tatsächlich zum Dankeslohn noch einmal kräftig in die Hand geschissen, bevor er sich vergnügt auf und davon machte und zu seinen Brüdern und Schwestern hoch am Himmel segelte. Mauersegler sind schon tolle, faszinierende Vögel!

Der heftige Durchzug, der die eisige, circa drei Grad Celsius kalte Frischluft erbarmungslos durch das Zimmer jagt, hat die Stinkbombe in Nr. 10 etwas entschärft. Die Südstadt kann aufatmen. Das Severinsviertel bleibt ihr erhalten. Das Hotel, samt Kakerlaken, abgewetztem Inventar, bekleckerten Teppichböden, verschmierten Tapeten, halb herunter gerissenen Vorhängen, versifften Wasch- und Klobecken und schmierigen Kachelwänden in viel zu engen Duschkabinen, leider auch.

Jetzt erst werde ich gewahr, in welchem Zustand sich das Zimmer befindet.

Das Bett ist bis auf die Sprungfedern zerwühlt und sieht aus, als hätte darin eine ganze Keilerhorde nach Trüffeln gesucht. Die Daunendecke ist fast zur Gänze aus ihrem Bettbezug gerutscht. Sie liegt zur Hälfte auf dem Boden, mitten in einem breiten Rotweinfleck, den sie gierig aufsaugt. Der Aschenbecher, der am Fußende zwischen Matratze und Bettkasten gerutscht ist, war sicher randvoll mit Kippen, ist aber nun leer. Sein Inhalt verteilt sich auf dem zerknüllten Laken, unter und hinter dem Bett, neben dem Papierkorb und auf der Minibar, deren Türe weit offen steht und den Blick auf leer geplünderte Fächer freigibt.

Die Spur der Zigarettenkippen führt ins Badezimmer. Ich folge ihr noch nicht. Stattdessen hole ich tief Luft und versuche über aufkeimende Ekelgefühle, schäumende Wut und das Bedürfnis, laut zu schreien, Herr zu werden. Gelassenheit ist eine Tugend. Sie hilft Energie zu sparen und sich auf das Wesentliche zu konzentrieren.

Gelassen, ruhig und methodisch picke ich also die Glassplitter der beiden Weingläser auf, die vom Nachttisch gefallen sind. Leise vor mich hin summend zupfe ich auch die beiden benutzten Kondome ab, die unter der Bettdecke und hinter dem Kopfkissen festkleben. Ich schreie auch noch nicht, als ich Pizza-Tomatensoße von den Wänden kratze, angebissene Pizza-Viertel, Pizzakrusten, Pizzakrümel und Pizzakartons eines nahen Pizzaservice in einen blauen Müllsack packe, der für den gesammelten Abfall aus allen Zimmern reicht, nun aber schon zu Dreiviertel voll ist. Ich schreie erst, als meine Hand ein verdrecktes Handtuch vom Boden aufheben will und dabei etwas dickes, glitschiges an ihr haften bleibt. Bei näherer Betrachtung erinnert es entfernt an eine zähe grünliche Substanz, die in einem alten Hollywoodfilm von einem irren Professor erfunden wird und der er den lustigen Namen ›Flummy‹ gibt.

Ich verharre in steinerner Schockstarre, in der jähen Erkenntnis, dass hier ein Gast mit einer bösen Erkältung gehaust haben muss. Mein Schrei ist gewaltig. Er rast mit circa 800 Stundenkilometer zum Fenster hinaus und die Severinstraße entlang, über die Hohe Pforte und weiter über die Hohe Straße, bis er schließlich auf der Domplatte die Touristen erschreckt und im Bahnhof zwischen dem Lärm ein und ausfahrender Züge untergeht.

Mit zitternden Beinen gehe ich in den Gang, stelle mich an das offene Hoffenster, ziehe mit tatterigen Fingern eine halbvolle, arg zerknitterte

Packung Zigaretten aus der Hosentasche, gebe nach dem dritten wackeligen Versuch ihr einen Glimmstengel zu entlocken immer noch nicht auf und klebe mir schließlich eine zerknautschte, kurz über dem Filter angebrochene Zigarette zwischen die bebenden Lippen. Dort bebt sie ein Weile vor sich hin, während ich verbissen an ihr sauge. Irgendwann, Jahrhunderte später, fällt mir endlich auf, dass ich sie noch nicht angezündet habe. Irritiert hole ich das Versäumnis nach.

Der erste Zug ist eine der tiefsten Inhalationen, die ich je in meinem Leben gemacht habe. Nur zögerlich verlässt der Rauch meine Lungen, um dann doch eilig und mitgerissen von der Zugluft durch den Hofkamin zu entfliehen. Langsam beruhige ich mich.

Plötzlich wird die schwere, weil feuerfeste Gangtür aus den Angeln gerissen. Sir John, mein Chef, stürmt herein. Er sucht mich, hat aber nicht erwartet, mich im Gang stehen zu sehen und muss deshalb so scharf bremsen, dass er beinahe nach vorne überkippt. Es gelingt ihm, sich mit beiden Händen an meiner Brust festzukrallen und die Balance wiederzufinden. Seine Brille fällt dabei zu Boden. Hektisch bückt er sich, um sie aufzuheben und brüllt mir dabei voll in den Bauch.

»Zimmer 20 ist nicht Abreise sondern Bleibe, Zimmer 15 macht Umzug auf 35 und in Zimmer 32 klemmt die Klospülung, 30 Ab nicht Bleibe, 40 Bleibe, 41 Bleibe nicht Ab!«

Er wirft mir einen gequälten Blick zu, macht, während er sich die Brille wieder aufsetzt, eine halbe Drehung und rauscht durch die Gangtür, die er dabei glücklicherweise öffnet, wieder zurück ins Treppenhaus. Ich lausche noch eine Weile seinen trampelnden Schritten nach, höre, wie er polternd die Treppe hinunterstürzt und zurück in die heiligen Gefilde seines kleinen engen Rezeptionskäfigs eilt.

An die hinterhältigen Überfälle Sir Johns habe ich mich längst gewöhnt. Sie sind nicht das Problem.

Was die Sache so schwierig macht, ist die Verständigung, sobald er sich im desolaten Zustand der Panik befindet. Die Worte kommen zu Schrot zermahlen und zerhackt aus seinem Mund geschossen, zischen mit Lichtgeschwindigkeit durch Zeit und Raum und sind längst im All verschwunden, bevor es mir überhaupt gelingt meinen Hörsinn auf sie auszurichten.

Ich gehe ein Stockwerk tiefer und lehne mich schwer über den Rezeptionstresen, hinter dem Sir John jetzt wie versteinert sitzt und völlig weggetreten in den Monitor seines PC´s starrt. Die Doppelbuchungen in diesem Hotel sind schon Legende und wahrscheinlich überlegt er gerade, wie er das Knäuel der fünfzehn Gäste, die er alle aus Versehen auf nur ein Doppelzimmer gebucht hat, wieder aufdröseln soll.

»Sir John, was war das eben?«

Ich rede langsam und achte dabei auf eine deutliche Aussprache.

»Hast du schon Kaffee gehabt?«, sagt er und seine Hundeaugen, die manchmal so traurig dreinschauen können, blicken mich dabei nicht an, sondern durch mich hindurch.

»Die Zimmer-Liste stimmt wohl nicht mehr?«, frage ich mitleidig, als ich die glitzernden Schweißtropfen auf seiner Stirn registriere.

»Da hat irgendwer wieder Buchungen vorgenommen, ohne richtig nachzuschauen!«, schnauzt er plötzlich los. »Mein Gott, kann denn hier niemand etwas richtig machen? Ich bin fertig! Völlig fertig!«

Er schmeißt mit beiden Händen Buchungsunterlagen um sich, die langsam zu Boden flattern und einen weißen Teppich um seinen quietschenden Drehstuhl bilden.

»Wenn ich nicht alles selber mache, geht hier der ganze Laden den Bach runter! So eine Scheiße!«

So ist das in diesem Haus. Den Bockmist baut immer ein ominöser Herr ›Irgendwer‹, der mir auf meinen Rundgängen aber noch nie begegnet ist.

Nachdem Sir John sich beruhigt hat, schaffen wir es dann gemeinsam die nötigen Korrekturen an der Zimmerliste vorzunehmen und das Procedere kostet mich diesmal auch nur dreißig Minuten meiner Arbeitszeit.

Zimmer 10 wartet immer noch auf mich. Nach einer Stunde sieht es fast wieder bewohnbar aus. Jetzt noch das Bad. Ich weiß schon, was mich da erwartet. Was ich nicht weiß, ist, dass meine Erwartungen noch übertroffen werden. Da es mir kein Mensch glauben wird, habe ich eine Liste mit einer detaillierten Beschreibung des Badezimmerzustandes angefertigt. Jedes erfahrene Zimmermädchen würde sie sofort und ohne zu Zögern unterschreiben, da bin ich mir sicher. Wer es nicht lesen mag, darf den Absatz überspringen. Jedoch sollten er oder sie sich fragen, was schlimmer ist: diese Dinge nur zu lesen oder selbst erlebt zu haben.

a) Vollgepinkelte Klobrille

b) Bis zum Rand verschissenes Klosett

c) Steinharter Nasenrotz im Waschbecken, den man nur mit Hammer und Meißel entfernt bekommt

d) Ein unförmiger Klumpen Kaugummi auf dem Seifenspender

e) Ein Knäuel von Haaren versetzt mit glibberigem Bronchialausstoß im Abfluss der Dusche

f) Zähe Zahnpastawürmer im Waschbecken, auf dem Spiegel und den Kacheln

g) Der Boden ist übersät mit Haupt-, Brust- und Schamhaaren. Dazwischen tummeln sich halbmondförmige Überbleibsel einer Fußnägelbeschneidung

h) Der Abfallkorb quillt über und widerliche, undefinierbare Dinge liegen drum herum.

i) Die durchnässten Seiten eines Modemagazins, wie auch die klatschnassen Handtücher, sind zur Unkenntlichkeit zertrampelt und liegen zerstreut auf dem Kachelboden, im Klobecken und in der Duschwanne

j) Abgerissene, lange Klopapierbahnen verstreuen sich in den Badezimmerecken

k) Eine klatschnasse Klopapierrolle steckt tief im Abflussrohr des Klos.

Wer jetzt denkt, dies wäre ein Einzelfall, der weiß nicht, durch was für eine Hölle ein Hotelangestellter, der mit der Zimmerpflege beauftragt ist, tagtäglich gehen muss. Diese Arbeit müsste eigentlich mit einem Managergehalt entlohnt werden und nicht mit einem Hungerlohn von nur 7 Euro.

Zimmer 10 ist dafür verantwortlich, dass ich heute erst um 17:30 Uhr Feierabend machen kann. Es ist dafür verantwortlich, dass ich Angst vor einer Gelbsucht habe. Es ist dafür verantwortlich, dass mir beim Abendessen der Bissen im Hals stecken geblieben ist. Es ist dafür verantwortlich, dass ich in der Nacht schreiend aus einem Alptraum aufgewacht bin.

Morgen werden es andere Zimmernummern sein, die mir derart Schreckliches antun werden.

## 2. Tag

 Acht Uhr dreißig! Es wird Zeit ins Hotel zu gehen. Ich schließe die Tür zu meiner Wohnung ab und mache mich auf die Socken. Heute ist Donnerstag. Donnerstags kommt die Müllabfuhr und neue Bettwäsche. Das gibt immer zusätzliche Schlepperei und Arbeit.

Im Park, an dem vorbei mein Weg zur Arbeit mich führt, treffen sich, trotz der frühen Stunde, bereits die Hundebesitzer, Penner und Alkoholiker aus der Nachbarschaft zu einem lautstarken Stelldichein. Ich drücke mich an ihnen vorbei und halte nach der Katze in dem Mauerloch Ausschau. Ob sie heute auch wieder da ist? Ja schau, da ist sie!

Die Mauer, in der sie hockt, grenzt die Hinterhöfe einer langen Häuserzeile vom Park ab. Die Vorderseite der Häuser gewährt den Boutiquen, Blumenläden, Sonnenstudios, Bäckereien und anderen nützlichen Geschäften auf der Severinstraße Unterschlupf.

Interessant ist, dass die obdachlose Katze in ihrem Mauernischenheim circa zwei Meter über dem von der Stadt Köln darunter angelegten Hundeklo thront.

Während ich die Katze beobachte, stelle ich mir vor, welch erhabenes Gefühl es sein muss, seine Todfeinde von oben herab beim Verrichten ihrer Notdurft beobachten zu können, sie sozusagen mit heruntergelassenen Hosen zu erwischen. Die Demütigung haben mittlerweile alle Hunde der Nachbarschaft über sich ergehen lassen müssen. Kein Wunder also, wenn sie beim Verrichten ihrer Notdurft so ein dummes Gesicht machen. Neidisch werfe ich der Katze einen letzten Blick zu und trotte weiter.

Zwanzig Minuten vor neun Uhr betrete ich das Hotelrestaurant, in dem um diese Zeit nur zwei Gäste sitzen und frühstücken.

Sir John ist heute gut aufgelegt. Er springt wie ein aufgescheuchtes Rebhuhn aus seinem Rezeptionskäfig hervor, der vom Innenausstatter in den hinteren Teil des Restaurants verbannt wurde.

Er hoppelt auf mich zu und gibt mir sogar die Hand!

»Was ist los?«, frage ich misstrauisch.

Er grinst mich an und seine kleinen, braunen Äuglein funkeln wie zwei Fixsterne.

»Stell dir vor, ich bin für morgen und die ganze restliche Woche ausgebucht! Das Hotel ist voll! Wegen der Messe!«

Ich klopfe ihm anerkennend auf die Schulter.

Kleine Staubwolken lösen sich aus seinem schlecht sitzenden, verbeulten Jackett und steigen puffig auf. Schnell lasse ich meine Hand wieder sinken.

»Willst du einen Kaffee?«

Er saust hinter den Tresen, vor dem das Frühstücksbuffet aufgebaut ist und gießt mir eine Tasse mit der bitteren, viel zu starken Brühe voll. Er stellt sie mir auf den kleinen Tisch, an dem die Bedienung sich manchmal hinsetzen darf, wenn die Chefin nicht hinschaut. Die Chefin ist eine Endvierzigerin mit einem unaussprechlichen Namen. Sie stammt aus dem fernen Morgenland, dessen Kaiser in den sechziger Jahren die BRD besuchte und damit heftige und blutige Zusammenstöße zwischen Polizei und Studenten provozierte.

Ein ungeklärtes und nicht durchschaubares Verhältnis verbindet sie mit Sir John und das Rätselraten darüber, ob's die beiden nun miteinander treiben oder auch nicht, führte schon zu heftigen Diskussionen im Viertel.

Voller Rührung sehe ich, dass Sir John die Untertasse ebenfalls gefüllt hat. Bevor ich mich entscheide, wovon ich zuerst trinken soll, aus der Untertasse oder der Tasse selbst, drängt es mich, ihm eine Frage zu stellen, die ungeahnte Folgen haben kann.

»Wie viele Gäste haben sich denn angemeldet?«

Er verschwindet in seinem Rezeptionskäfig. Als er sich vor seinen Computer setzt, kann ich ihn nicht mehr sehen.

»Ah, warte mal.« höre ich ihn sagen.

Dann murmelt er etwas.

Plötzlich ein triumphierender Schrei: »Zweiundvierzig!«

»Zweiundvierzig was?«

»Zweiundvierzig Gäste!«

Mir fallen sofort die dreißig Betten ein, deren Bettwäsche ich schon so oft gewechselt habe. »Zweiundvierzig Gäste haben sich einlogiert?«

»Ja, ist das nicht Klasse?«

In dem Bewusstsein ihm einen furchtbaren Schlag versetzen zu müssen und auch auf die Gefahr hin, dass dies für uns alle ein sehr schlechter Tag werden wird, entschließe ich mich ihm die heutige Schicksalsfrage zu stellen.

»Wie soll das gehen?«

Sein Kopf ruckt hoch. Er schielt mich über seine Brille und über das Anmeldebord an.

»Was?«

»Wie soll das gehen, Sir John? Wir haben nur dreißig Betten!«

Stille. Es dauert eine Weile, bis die Dämmerung langsam, dann aber gewaltig an seinem geistigen Horizont aufzieht. Er starrt mich an und seine Gesichtshaut entleert sich jeglicher Farbe. Jetzt habe ich ihm wieder den Tag versaut. Sein Kopf fällt in die Versenkung unter dem Anmeldebord. Papiere fliegen auf, Anmeldeformulare und Buchungsunterlagen wirbeln durch die Luft. Ein entsetzliches Stöhnen zersägt die bis eben noch stille Morgenandacht.

Die zwei einsamen Frühstücksgäste blicken herüber. Schauen etwas konsterniert. Dann wenden sie sich wieder ihren trockenen Brötchen, den schwitzenden, angehärteten Käsescheiben und den welligen, am Rande bräunlich verfärbten Wurstscheiben zu.

›Guten Appetit!‹, möchte ich ihnen zurufen. Doch dann verkneife ich es mir. Gäste, die dieses Zeugs essen, ohne eine Anzeige beim Gesundheitsamt zu machen, verdienen meine Aufmerksamkeit nicht. Es ist Zeit mit der Arbeit zu beginnen. Ich stehe auf, gehe zum Rezeptionskäfig und quetsche mich hinter Sir Johns ratlos gebeugten Rücken vorbei. Aus dem Aktenregal hole ich mir den Hauptschlüssel für die Zimmer, der dort in einem kleinen Kasten verstaut liegt, greife mir die Zimmerliste von der Konsole, auf der das Faxgerät steht und gehe in den Keller. In den unterirdischen Gewölben des Hotels rauche ich zuerst eine Zigarette, um den Gestank der drei überquellenden Mülltonnen, die dort stehen, etwas erträglicher zu machen. Eine riesige schwarze Kakerlake huscht an meinem linken Schuh vorbei. Ich lasse sie unbehelligt passieren, obwohl ich sie mit meiner Schuhsohle prima hätte platt machen können. Aber erstens mag ich das platzende Geräusch nicht und zweitens ekelt es mich vor dem Inhalt, der dabei heraus quillt.

In einer Nebenkammer dröhnt und eiert die Waschmaschine. Sie beendet gerade den Schleudergang und nach einer weiteren Minute der Weigerung, sich von mir die bulläugige Tür öffnen zu lassen, gestattet sie mir dann doch, die Gästehandtücher aus der Waschtrommel zu entnehmen. Der Trockner steht auf der Waschmaschine. Ich drücke ihm die nassen Tücher in den Rachen, schließe die Klappe, betätige den Startknopf und jetzt wird es da drinnen ziemlich heiß hergehen. Die drei stinkenden Mülleimer warten darauf, nach draußen auf den Bürgersteig gebracht zu werden. Wenn ich es nicht besser wüsste, könnte ich Stein und Bein schwören, sie seien mit Beton gefüllt. Das sind sie natürlich nicht, ihrem Gewicht nach zu schließen, aber schon. Die steile Treppe, die aus der Finsternis des Kellers hinaus, nach oben ans himmlische Tageslicht führt, macht aus der Beförderung der Tonnen eine Herkulesaufgabe und gerät zu einer schweren Belastungsprobe für Wirbelsäule und Rückenmuskulatur. Mit schmerzendem Rücken gehe ich zurück ins Restaurant. Plötzlich wimmelt es hier von unausgeschlafenen Businesstypen, die zwar alle frisch geduscht sind, aber immer noch den Geruch der Altstadtsause vom vergangenen Abend mit sich tragen. In den Kneipen des Kölner Vergnügungsviertels haben sie sich bis spät in die Nacht mit reichlich Kölsch Mut angetrunken, nur um dann den Sekretärinnen, Hostessen und anderen weiblichen Begleitpersonen unter den Rock zu greifen. Die Eisenwarenmesse spült ihr Strandgut bis in unsere Hotel.

Sir John hüpft zwischen Küche, Tresen, Rezeptionskäfig und den Gästen hin und her. Ich kann seinen braunen Haarschopf in dem Gewusel auf und wieder abtauchen sehen. Mühsam quetsche ich mich zu ihm durch. Sein Blick ist irre, seine Haare zersaust und der ganze Mann hängt völlig schief in seinem Anzug.

»Küche!«, brüllt er mir zu und »Geschirr!« und »Spülmaschine!«

Ungeschickt balanciert er dabei vier Teller mit flüssigem Eigelb, vermutlich Rührei, an den ausgedehnten Bäuchen mehr oder weniger erfolgreicher Geschäftsleute vorbei. Das Küchenpersonal, es besteht nur aus einem Koch, scheint heute nicht zur Arbeit gekommen zu sein. Vielleicht hat der Koch auch gekündigt. In diesem Laden geben sich die Köche die Klinke in die Hand. Keiner hält es lange aus. Ich zwänge mich in die enge Küche, in der sich gebrauchtes, verschmiertes, verdrecktes, verklebtes, fettig bespritztes und marmeladenverkleckstes Frühstücksgeschirr bis hoch an die Decke stapelt. Nachdem ich die erste Ladung in der Geschirrspülmaschine verstaut und sie angeworfen habe, trifft mich der irre Blick von Sir John wie ein Dartpfeil mitten ins Gesicht. Sein verwuschelter Kopf lugt seitlich am Türrahmen vorbei in die Küche hinein.

»Komm doch mal! Schnell!«

Schwupp, ist der Kopf wieder verschwunden. Gott Panik bläst auf seiner Panflöte erneut zum Sturm! Ich zwänge mich aus der engen Küche und bleibe wie angewurzelt hinter dem Tresen stehen. Mittlerweile haben alle Gäste einen Platz gefunden und mümmeln an ihrem fragwürdigen Frühstück. Nur einer, ein arabischer Geschäftsmann, steht mitten im Gang und erbricht sich in mehreren heftigen Schüben. Verzweifelt versucht er dabei zurück in sein Zimmer oder ins Freie zu gelangen und so verteilt er seinen Mageninhalt den Gang entlang und endlich auch bis hinaus auf die Straße.

Sir John hüpft derweil, zackig wie eine Motte ums Licht, in seinem Rezeptionskäfig herum und versucht vier Gäste, die ihre Abrechnung haben wollen, gleichzeitig zu bedienen. Er hat schon wieder vergessen, warum er mich gerufen hat. Er braucht es mir nicht zu sagen. Mit stoischer Gelassenheit gehe ich hinaus in den Gang, hole

Wischmob, Wassereimer und Desinfektionsspülseife und mache mich an die Arbeit. Die Gäste scheinen wenig beeindruckt. Geschäftsleute sind harte Brocken. Die kennen das. Jeder Messebesuch fordert seine Opfer. Nur die Härtesten von ihnen überleben eine kölsche Altstadtsause. Dem Frühstücks-Spektakel haben sie nur kurz ihre Aufmerksamkeit geschenkt und sich dann wieder ihren Tellern zugewandt.

Ich bin kein Geschäftsmann und erst recht kein guter und deshalb bin ich auch nicht so hart drauf, wie sie. Für mich wird es langsam Zeit an Kündigung zu denken. Sir John wird aus allen Wolken fallen und mich fragen, warum. Ja, was sage ich ihm dann nur?

### 3. Tag

Sir John ist heute nicht da. Dafür ist die Chefin da. Tag für Tag badet sie in einem Jungbrunnen aus Alkohol und Zigaretten und wundert sich gleichwohl, dass sie älter aussieht als sie eigentlich ist. Mit ihren achtundvierzig Jahren hat sie eine Vorliebe entwickelt für hautenge und viel zu knapp sitzende Kleidung aus der Teenie-Abteilung von C&A.

Auch heute erspart sie mir diesen Anblick nicht. Ungläubig starre ich auf die schwarze Leggins, die sich voller Entsetzen um ihr gewaltiges Gesäß und die prallen Oberschenkel

spannt, dabei aber Knie abwärts den frisch ge-
strippten Waden nackigen Freigang geben. Dazu
trägt sie ein weißes, knapp sitzendes Hemdchen
mit einem Männerkragen. Ihre hennarote Haar-
pracht, aufgeschüttelt wie ein Federbett, befindet
sich in der Mauser und beißt sich mit der rosa
Kopfhaut, die man durch das hoch tupierte To-
huwabohu an zu vielen Stellen durchschimmern
sieht. Ihre Füße stecken in Pumps, deren Absätze
dem Kleinwuchs ihrer Gestalt entgegen wirken
sollen. Über ihre Makeup-Künste spreche ich
lieber nicht! Dazu fällt mir nur ein Song von
Manfred Mann aus den 70er Jahren ein: *„Ha, ha,
said the clown...".*

Ich hatte mich schon gefragt, ob sie vielleicht
für meine chronische Augenentzündung verantwortlich zeichnet. Zu meiner Freude ist in den
letzten zwei Wochen eine Besserung eingetreten
und genau so lange war mir die Frau nicht mehr
vor die Augen gekommen.

Als ich ihr breites Gesicht betrachte, weiß ich
auch, warum.

Sie war wieder auf einer Schönheitsfarm gewesen sein und hatte sich bei einem Fleisch-
beschneider unters Messer gelegt.

Quer über ihr Gesicht schwingt sich ein riesiges, zerknautschtes Pflaster. Es hält ein dickes,
blutiges Mullkissen dort in Schach, wo sonst ihre
Nase zu sitzen pflegt. Wirklich aufregend aber
sind ihre blutunterlaufenen Augen, die in mir
den Drang wecken, mich in feinfühliger Dicht-
kunst zu üben.

Umkränzen deine Augen heut
die samtigen Blüten der Veilchen

aus fern Usambara, erleuchten
den Tag mir mit strahlender Macht,
glänzen im Schatten von dunkler Mascara
in blauvioletter Farbenpracht!

Bis Madam daran herum schnippeln ließ, war die Nase das einzig Vorzeigbare an ihr. Doch da sie mit ihrem Riechorgan in Fehde liegt, kommt jede Operation sie teuer zu stehen. Das nötige Kleingeld dafür quetscht sie aus dem Hotel, nur so lässt es sich erklären, warum die dringend notwendigen Renovierungsarbeiten nie in Angriff genommen werden.

Ihr krankhaftes Verhältnis zu Geld ist allgemein bekannt. Einem Spürhund gleich, erwittert sie jede Möglichkeit Geschäfte zu machen, die Gewinn versprechen.

Leider ist sie mit Blindheit gegenüber Betrügern und Halsabschneidern beschlagen. In ihrer monetären Raffgier lässt sie sich immer wieder übers Ohr hauen, sehr zur Erheiterung der Leute aus dem Severin-Viertel, die gute Unterhaltung zu schätzen wissen.

Für gute Unterhaltung, die mir jedoch zur traurigen Erinnerung wurde, sorgten auch die fünf Jugendlichen, die eines Tages im Hotel auftauchten und von ihr mit offenen Armen empfangen wurden.

»Tüchtige junge Leute sind das. Die sind von einer Marketing Firma aus Recklinghausen. Was die schon für Geld verdienen, dass sollte man kaum glauben. Ich sage Ihnen, die haben Klamotten an, da können Sie, Herr Bargel, mit ihrem Monatsgehalt nicht mithalten. Das würde selbst für eine dieser Hosen nicht ausreichen!«

So empfing sie mich am schönen Morgen eines bitterkalten Januartages und deutete verstohlen auf einen Tisch, an dem ein Junge und ein Mädchen saßen und schweigsam frühstückten.

»Na, dann wollen wir mal über eine längst fällige Gehaltserhöhung sprechen«, erwiderte ich unbeeindruckt. »Ich will 100 Euro mehr, plus 15% Schmerzensgeld als Ausgleich für meine Augenentzündung.«

Meine Chefin starrte mich an, als ob ich eine Obszönität von mir gegeben hätte. Bevor sie zu einer Antwort ansetzen konnte, öffnete sich die Tür zum Treppenhaus und drei weitere Jungen kamen ins Restaurant.

Mein nett gemeintes ›Guten Morgen‹ erwiderten sie mit einem brummigen Gemurmel und als sie sich an mir vorbeidrückten, spürte ich, wie ein kalter Luftzug mir erst die Nackenhaare aufrichtete, dann den Rücken hinunter fuhr und schließlich meine Arme mit einer Gänsehaut verzierte. Ich erblickte etwas in ihren Augen, dass ich nicht sofort zu deuten wusste, dass mir aber doch auf seltsame Weise bekannt vorkam.

Ich schüttelte die Gänsehaut ab und schob das unangenehme Gefühl auf die mir unangenehme körperlichen Nähe meiner Chefin.

Die drei Jungen nahmen keine Notiz von dem Pärchen und setzen sich voneinander getrennt an verschiedene Tische.

Oberflächlich betrachtet, vermittelten sie den Eindruck von zwar noch etwas kindlichen, aber doch flotten, dynamischen fünf jungen Leuten. Sie trugen teuere, lässig coole Markenkleidung und wirkten selbstsicher, auch ein bisschen arrogant.

Meine Chefin, eine Meisterin der oberflächlichen Betrachtung, war ganz aus dem Häuschen. Die Kids hatten zwei Doppel- und ein Einzelzimmer gebucht, für sage und schreibe ganze drei Wochen. Was für ein Schnäppchen!

Eingecheckt hatten sie unter dem Firmennamen ›Interlink Marketing‹. Daran war nichts Besonderes oder gar Auffälliges. Schließlich ist Köln eine Medien- und Messestadt. Firmen aus aller Welt buchen hier das ganze Jahr über Hotelzimmer für ihre Mitarbeiter. Meiner Chefin aber müssen die Eurozeichen so dicht vor den Augen getanzt haben, dass sie einige Merkwürdigkeiten einfach übersah.

Den Kampfhund zum Beispiel, einen britischen Bullenbeißer mit dickschädeligem Kopf, krummen Dackelbeinen und breitem Brustpanzer, der mich am nächsten Tag stumm anglotzte, als ich die Tür zu Zimmer 32 öffnete. Er fleezte sich auf dem Sofa am Fenster herum und sabberte es voll. So schnell habe ich selten eine Tür wieder zugemacht!

Oder die seltsamen Gepäckstücke, die drei der Jungen im Zimmer stehen hatten. Es waren keine Koffer, Reisetaschen oder Rucksäcke, nein, es waren große Plastikwäschekörbe. Sie waren vollgestopft mit Schuhwerk und Kleidung, alles teuer, nicht alles neu, manches ungewaschen und schmutzig, zusammengeworfen mit nagelneuen Hosen, Hemden, Jacken, Pullovern und Schuhen aus den besten Geschäften der Stadt. In den Badezimmern türmten sich Unmengen von Toilettenartikeln: Shower Gels, Deodorants, Zahnpastatuben, Reinigungsmilch, Seifen, Enthaarungscremes, Hautcremes, Körperlotion,

Haarshampoos und alles in drei, vier oder fünffacher Ausführung. Daneben reihten sich in großer Anzahl Parfüm und Duftwässerchen der unterschiedlichsten Marken. Wenn das nicht gewaltig nach ›Douglas - Come in und klau raus‹ roch!

Ebenso unbemerkt hatte das Mädchen einiges an Inventar ihres Kinderzimmers mit ins Hotel gebracht. Ich zählte sechs Reisetaschen und vier Beutel mit jener Art von Krimskrams, mit dem ein Mädchen, das noch zwischen Kind und junger Frau pendelt, ihr Zimmer in der elterlichen Wohnung ausstattet. Als ich dann die Knuddeltiere entdeckte, wurde es mir ganz eng ums Herz. Schmutzige, von vielen Liebkosungen abgegriffene Plüschtiere waren es, die das Mädchen tagsüber sicher schon auf das oberste Regal ihres Kinderzimmers verbannte, des Nachts aber immer noch als Trost und Wärmespender im Arm hielt und an ihr Herz drückte. Ich brauchte nicht lange, um Drei und Drei zusammenzuzählen.

»Vor dem Hund brauchen sie keine Angst zu haben!«

Der hoch aufgeschossene, junge Mann mit dem blonden, coolen Haarschnitt, der vorhin mit dem Mädchen zusammen an einem Tisch gesessen hatte, stand im Gang. Er wartete dort auf mich, als ich aus Zimmer 30 trat, das ich für den nächsten Gast bezugsfertig gemacht hatte und nun abschloss.

»Der tut keiner Seele was. Der weiß noch nicht mal selber, dass er ein Hund ist«, setzte er noch hinzu.

Das hörte sich nach Humor an, doch der Junge lächelte nicht. Sein Gesicht blieb unbeweglich, maskenhaft. Seine Augen blickten mich zu kurz an, wichen aus, der Blick schweifte abwärts zur Seite und huschte über den Boden. Zu viel Ernst war in diesem Blick, zu viel zu frühes Wissen. Für einen ganz kurzen Moment, für den Bruchteil einer Sekunde, konnte ich in seine Seele sehen. Sie ertrank in Trauer, schwamm in einem Meer unendlicher Einsamkeit.

»Ja«, sagte ich, „es wäre mir aber lieber, er wäre nicht im Zimmer, wenn ich es sauber mache.«

»Na gut, dann tue ich ihn solange auf Zimmer 35.«

Dort hauste sein Kumpel.

»Das ist eine gute Idee!«, sagte ich und blickte ihn an. Blitzschnell vorüber war unser Augenkontakt, doch in diesem Moment passierte es: Er weiß, dass ich weiß und ich weiß, dass er weiß, dachte ich. Erlkönigs Kinder besuchen mich. Sind auf ihrem Weg ins Nirgendwo in Köln gestrandet. Einer kommt aus Zagreb, der andere aus Dortmund, der dritte aus Amsterdam, der vierte aus einem Kaff bei Hannover und das Mädchen ist aus der Eifel, aus dem Elternhaus und aus einem unerträglichem Leben davon gelaufen. Im Gegensatz zu früher, als sie noch zu Hause, in einem Heim oder einem Internat schutzlose Opfer waren, geben sie jetzt ihre Körper freiwillig her. Nachts, im Schutze der Dunkelheit, stehen sie am Bahnhof und warten auf den nächsten Erlkönig, der sie mit seinem Geld immer tiefer in das widerliche Dickicht seiner Äste zieht.

An den darauf folgenden Tagen kam ›Zagreb‹ regelmäßig aus seinem Zimmer, um eine

Zigarette bei mir zu schnorren. Er sprach nicht viel und ich ließ ihn in Ruhe. Sie alle duschten ausgiebig und lang, legten Wert auf ihre Reinlichkeit und ihren Wohlgeruch, hielten sich sauber und parfümiert, bis sie zu später Stunde das Hotel verließen um sich auf den Weg zum Erlkönig machten. So genossen sie einige Tage lang den Luxus eines warmen Zimmers, das Eindösen vor dem Fernseher, das Endlostelefonieren, das Marathonduschen und den Inhalt der Minibar, die ich jeden Tag komplett auffüllen musste. Trotz der teuren Klamotten, trotz der Duschorgien, trotz der Parfüme und Deodorants traten bald Spuren der Vernachlässigung immer deutlicher zu Tage. Nein, sie waren nicht flott und dynamisch, wie sie es der Umwelt vorzugaukeln versuchten. Sie waren leer und apathisch. Und noch etwas spürte ich: Ihre Angst und die Sorge aufzufliegen, zu früh aus diesem warmen Nest flüchten zu müssen.

Ich hielt meinen Mund, mied den Hund und wartete darauf, wie die Geschichte weiter gehen würde. Nach ein paar Tagen waren die Zimmer, wenn ich sie betreten wollte, verschlossen. ›Lass sie schlafen, dann machst du halt das Zimmer morgen sauber‹ dachte ich. Doch auch am nächsten Tag wurde mir kein Einlass gewährt.

Am dritten Tag war die Tür von Nr. 22 offen. ›Zagreb‹ hatte wohl vergessen, sie zu verschließen. Als ich eintrat, lagen beide Jungen in ihren Betten und schliefen tief und fest. Die Nacht musste lang und grausam gewesen sein. Schnell machte ich mich leise an die Arbeit und ohne die beiden zu wecken, gelang es mir, das Zimmer wieder etwas freundlicher wirken zu lassen.

Danach bekam ich die Kinder nicht mehr zu Gesicht. Manchmal, nachdem ich angeklopft hatte, hörte ich ein Schnarchen oder das Brausen der Dusche oder das Plärren des Fernsehers durch die Tür. Aber auf mein Klopfen hin reagierten sie nicht mehr. Meiner Chefin und Sir John gegenüber schwieg ich mich aus. Zum einen gönnte ich den Kindern die kleine Ruhepause in ihrem Überlebenskampf auf der Straße von Herzen, zum anderen konnte ich mir, Anbetrachts des oft respektlosen Verhaltens meiner Chefin, mir, dem Angestellten gegenüber, eine gewisse Schadenfreude nicht verkneifen.

Die Aufregung war groß als die Sache dann endlich aufflog. Noch Tage danach waren meine Chefin und Sir John nicht gut auf mich zu sprechen. Sie verdächtigten mich sogar, mit den Kindern unter einer Decke gesteckt zu haben. Ich hielt meinen Mund, machte meine Arbeit und dachte darüber nach, was wohl aus den Kindern geworden war. Nachdem fast zweieinhalb Wochen vergangen waren, hatte ich eines Morgens alle Zimmer, die sie in Beschlag genommen hatten, unverschlossen vorgefunden. Von den Kindern selbst aber fehlte jede Spur. Das Gepäck befand sich noch in den Zimmern und so wartete ich einen weiteren Tag ab, bevor ich Meldung machte. Es war schon seltsam und das Verschwinden der Kinder warf bei mir viele Fragen auf. In einer Nacht und Nebel Aktion hatten sie sich in Luft aufgelöst, mitsamt ihrem Kampfhund. Es musste etwas sehr Gravierendes passiert sein, denn sie hatten alles zurück gelassen, das ihnen hätte lieb und teuer sein müssen, war es doch ihr einziger Besitz. Aber alles, was sie einmal heimlich still und leise in ihre Zimmer geschafft hatten, war noch da. Die vollen Wäschekörbe, die Drogerieausstattung, die Reisetaschen, die Beutel, das halbe Kinderzimmer des Mädchens und selbst die abgegriffenen Knuddeltiere. Was ihnen zugestoßen und was aus ihnen geworden ist, diese Fragen beschäftigen mich noch heute. Die Aussichten jemals Antworten drauf zu finden sind so gering, wie die Möglichkeit, dass aus dieser Erde einmal ein Kinderparadies wird. Da keiner wusste, wohin damit, packte ich das Hab und Gut der Kinder zusammen und stapelte es in einem der Kellerräume. Dort fielen sie bald der Vergessenheit anheim.

Was die Kinder noch hinterließen, war eine Rechnung von über 3000 Euro und die unübersehbaren Spuren ihres Aufenthaltes. Einen ganzen Vormittag lang habe ich geschrubbt, gewienert, Staub gesaugt, Teppichböden gereinigt, gewischt und auch ein bisschen geflucht, denn es war schon eine gehörige Sauerei, die sie in den Zimmern veranstaltet hatten. Den Hund hatten sie in den letzten Tagen gar nicht mehr auf die Straße geführt. Seine Kothaufen bildeten auf dem kleinen Balkon, von dem man so schön die ganze Severinstraße überblicken kann, ein mittelgroßes Gebirge. Das Sofa, auf dem er die ganze Zeit gelegen hatte, gehörte eigentlich auf den Sperrmüll, aber Sir John hat mich später nur eine Tagesdecke über den Hundedreck legen lassen, nach dem Motto, was der Gast nicht sieht, das weiß er nicht. Pfui Deibel!

Was mir die Arbeit dann doch ein wenig versüßte, war das Zeter und Mordio Geschrei meiner Chefin. Bis hin zum Clodwigplatz konnte man sie fluchen, keifen und jammern hören. Sie alarmierte die Polizei. Die kam auch tatsächlich, hörte gelangweilt zu, zuckte mit den Schultern und verkroch sich schnell wieder im Polizeipräsidium am Waidmarkt. Was sollte sie auch tun? Noch heute bin ich davon überzeugt, dass die 3000 Euro bei den Kindern gut angelegt waren. Die stolze Summe wäre sonst für eine weitere Nasenoperation meiner Chefin draufgegangen.

Und das wäre fürwahr rausgeschmissenen Geld gewesen!

## 4. Tag

Es ist jetzt sechs Monate her, dass ich gekündigt habe. Die Angst, mir bei der Arbeit die Gelbsucht einzuhandeln, wollte einfach nicht verschwinden. Die Angst, Kakerlaken mit nach Hause zu bringen und hinterher des Diebstahls bezichtigt zu werden, ebenfalls nicht.

Ausschlaggebend aber war ein Vorfall, der mir noch heute kalte Schauer über den Rücken laufen lässt, obwohl er sich eigentlich recht banal abspielte.

An einem verregneten Montagmorgen traf ich nicht Sir John, sondern meine Chefin im Rezeptionskäfig an. Als ich sie bat, mir die Zimmerliste und den Hauptschlüssel auszuhändigen, schlugen ihre künstlichen Wimpern mit einem lasziven Augenaufschlag weit auseinander. Sie lehnte sich zurück und blickte mich mit ihren kugeligen, braunen Augen lange an. Ohne Vorwarnung und ohne auch nur die kleinste Bedeutung in ihre Worte zu legen, fragte sie mich, als wäre es das Natürlichste auf der Welt:

»Wollen Sie mit mir schlafen?«

Die Kündigung hat sie mir dann krumm genommen und aus Rache meinen letzten Monatslohn einbehalten. Ein halbes Jahr hat es gebraucht, bis ich vom Arbeitsgericht endlich mein hart verdientes Geld zugesprochen bekam.

Ich weiß nicht, was mich geritten hat, dieses schäbige Etablissement noch einmal aufzusuchen. Aber mir war zu Ohren gekommen, dass dort der Ursprung für allerlei abstruse Gerüchte, die über mich erzählt wurden, zu suchen war. Niemand im Severinsviertel schien sie Ernst zu nehmen, sie sorgten eher für Erheiterung und meine Kündigung wurde von allen mit einem guten Kölsch begossen.

Doch ich wollte die Mär aus dem Munde der Urheber selbst hören und so habe ich mich, um nicht erkannt zu werden, in Wallraffscher Undercover-Manier ein wenig verkleidet. Eine blonde Karnevalsperücke und eine dicke Hornbrille leisten dabei gute Arbeit.

Als ich das Restaurant betrete, empfängt mich gähnende Leere. Kein einziger Gast sitzt an einem der Tische, hinter der Bar steht keine Bedienung und der Rezeptionskäfig ist verwaist.

Ich setze mich an einen Fensterplatz und warte. Ganze zehn Minuten starre ich Löcher in die Luft. Dann endlich braust Sir John in den Laden, unter dem Arm eine riesige, gefüllte Brötchentüte, erstanden im Bäckerladen nebenan.

Ohne sich umzusehen, eilt er zu dem breiten Weidenkorb hin, der neben dem Frühstücksbuffet steht und lässt die Brötchen hinein purzeln. Doch er zielt schlecht. Die Hälfte der Backwaren geht daneben. Sie hopsen wie Pingpongbälle vom Rand des Korbes oder direkt aus der Tüte auf den darunter stehenden Tisch und von da auf den Boden, wo sie mehrmals auftitschen, sich in alle Himmelsrichtungen verstreuen und möglichst weit das Weite suchen.

Sir John flucht lauthals. Er stürzt zu Boden und beginnt auf allen Vieren die Brötchen einzusammeln. Eines der rückengeschlitzten Gebäcke ist bis zu meiner linken Schuhspitze gekullert.

Sir John erblickt es, schreit »Hach, du entkommst mir nicht!« und robbt wie ein Landser darauf zu, wobei seine Nase fast den Boden berührt, sein Hintern aber hoch hinaus ragt und wie ein Dromedarhöcker von einer Seite auf die andere schwenkt.

Während er nach dem Brötchen angelt, erblickt er endlich seinen Gast, wenn auch nicht gleich die vollständige Person, so doch das Schuhwerk. Überrascht versucht er sich eiligst aus der Robbenrolle in einen Senkrechtstarter zu verwandeln, vergisst dabei aber, dass er sich mit seinem Körper und erst recht mit seinem Kopf noch unter der Tischkante befindet.

So endet der überhastete Senkrechtstart mit einem lauten Knall an der Tischplatte, die durch die Wucht des Aufschlages leicht angehoben wird. Sir John liegt platt am Boden, hält sich den Kopf und stöhnt.

Ich biege meinen Körper zur Seite und blicke unter den Tisch.

»Kann ich behilflich sein?«, frage ich den vor mir liegenden Hinterkopf und beobachte, nicht ganz ohne Mitleid, wie im Zeitraffertempo aus dem spärlichem Haarwuchs eine wunderbare Beule hervor drängelt und schon bald in voller Blüte steht.

Sir John bekrabbelt sich und steht schließlich schwankend vor mir. Er sieht katastrophal aus.

»Sie wollen frühstücken?«, fragt er und stiert mich aus glasigen Augen an.

Ob er mich erkennt? Einen kurzen Augenblick verdächtige ich ihn, meine Verkleidung zu durchschauen, doch da wendet er sich schon wieder seinen Brötchen am Boden zu, hüpft von einem zum anderen und pickt sie auf. Schließlich hat er sie alle im Körbchen verstaut und schiebt sich die Brille zurecht, stopft das Hemd in die Hose zurück, fährt sich mit der Hand durch die Haare, stößt dabei an die Beule, schreit auf, tastet, befühlt, verzieht das Gesicht und sagt endlich: »Nanu, wo hab ich die denn her?«

»Nein, ich will nicht frühstücken«, sage ich entschieden, denn die Qualität des Buffets hat sich seit meiner Kündigung nicht verbessert und der Anblick allein genügt, mir den Appetit zu verderben.

»Ich brauche eine Auskunft! Vielleicht können sie mir ja weiterhelfen?«

»Sie wollen ein Zimmer buchen? Preise erkunden, unseren vorzüglichen Service kennenlernen? Also, unsere Zimmer haben alle Fernsehen, Minibar, Telefon...«

Ich unterbreche ihn schnell.

»Kennen sie einen Bargel. Richard Bargel? Der soll doch mal hier gearbeitet haben?«

Sir John stutzt. Dann wird er misstrauisch. »Was wollen sie denn von dem?«

Ich überlege schnell, was ich antworten soll. Dann fällt mir etwas ein. Es wird ihm sicher gefallen.

»Er schuldet mir Geld. Schon seit Wochen versuche ich den Kerl aufzutreiben, aber er scheint wie vom Erdboden verschluckt zu sein.«

»Ha!«, entfährt es Sir John und seine Augen verengen sich zu schmalen Schlitzen. Auf einmal stehe ich im Zentrum seines Interesses. Er schnappt sich den einzigen weiteren Stuhl an meinem Tisch und pflanzt seinen breiten Hintern darauf.

»Ich kann Ihnen sagen, was wir mit dem alles erlebt haben, dass werden sie nicht glauben! Geklaut hat der, wie ein Rabe!«

Ich lehne mich interessiert vor. »Geklaut? Tatsächlich? Doch nicht etwa die Hotelgäste! Die hat er beklaut?«

»Ha, nicht nur die! Auch aus der Hotelkasse fehlten immer Scheine und irgendwann fehlten auch Handtücher und Morgenmäntel. Ganze Fernsehapparate hat er rausgeschleppt und der weiblichen Bedienung ist er fortwährend an die Wäsche gegangen!«

»Nein!«, entfährt es mir voller Entrüstung.

»Doch! Doch! Weiblichen Gästen hat er zweideutige Offerten gemacht und sie ständig belästigt. Andere Gäste hat er gezwungen, ihre Badezimmer selber sauber zu machen. Um Trinkgelder zu erpressen, ist er sogar so weit gegangen, den Fahrstuhl mitten in der Fahrt anzuhalten und ihn erst dann wieder freizugeben, wenn der Gast horrende Summen Lösegeld auf ein Schweizer Bankkonto überwiesen hatte, und sie können sich ja vorstellen, wie lange so etwas dauern kann. Manchmal ist er sogar nackend durchs Hotel gerannt, wie so´n Flitzer, verstehen sie! Ein ganz furchtbarer Mensch, fortwährend haben wir Beschwerden entgegen nehmen müssen.«

Die Erinnerung an das männliche Zimmermädchen, dass bis vor sechs Monaten in diesem Hotel Angst und Schrecken verbreitet hat, wiegt schwer und lässt Sir John völlig erschöpft in seinen Stuhl zurück sinken.

»Ich kann Ihnen sagen, ich bin ungeheuer froh, dass wir ihm endlich gekündigt und ihn seitdem nicht mehr gesehen haben!«

Er zückt ein beflecktes, verknittertes Taschentuch aus der labberigen Anzugsjacke und tupft sich imaginären Schweiß von der Stirn, eine Geste, die verdeutlichen soll, welch großes Ungemach ich ihm bereitet habe.

»Ach, er arbeitet also gar nicht mehr hier?«

Im Stillen frage ich mich, wie vielen Leuten er diese abstrusen Geschichten schon erzählt hat. Mir kommt der Verdacht, dass dieser Quatsch nicht auf seinem Mist gewachsen ist. Die Souffleuse bei dieser komödiantischen Aufführung ist mit Sicherheit meine rachedurstige Chefin.

»Sie wissen also nicht, wo sich dieser Bargel aufhält?«, frage ich meinen ehemaligen Arbeitgeber. Durch das Fenster sehe ich meine Ex-Chefin auf klobigen Plateausohlen von der Severinstorburg her, Hüften wackelnd auf das Hotel zustaken. Ich mache mich lieber davon. Der Anblick des Frühstücksbuffets war Appetitverderber genug, da muss ich nicht einen draufsetzen.

»Nein, tut mir leid, da kann ich Ihnen leider keine Auskunft geben.« Sir John scheint es wirklich zutiefst zu bedauern, mir keine Auskunft geben zu können. »Aber ich sage Ihnen mal was, der sitzt bestimmt im Knast. An Ihrer Stelle würde ich zur Polizei gehen!«

»Gute Idee!«, sage ich und stehe auf. »Zum Dank für Ihre freundliche Hilfe schaue ich auch gleich beim Ordnungsamt vorbei. Die müssen unbedingt ihr tolles Frühstücksbuffet und Ihre moderne Küche bewundern!«

Sir John strahlt über das ganze Gesicht, reibt sich die Hände und macht in schneller Reihenfolge drei kleine Bücklinge hintereinander.

»Das ist aber riesig nett, dass sie uns weiter empfehlen wollen. Danke! Danke! Und kommen Sie bald wieder. Sie sind hier immer herzlich willkommen!«

Ich zwänge mich um den Tisch herum, nicke Sir John zu und beim Hinausgehen streife ich doch tatsächlich, aber wirklich völlig unbeabsichtigt, den überladenen Brötchenkorb. Hinter meinem Rücken höre ich einen Haufen Pingpongbälle zu Boden fallen und ein lustiges, lang anhaltendes Titschgeräusch dehnt sich sternenförmig über den Boden aus. Ein kleines, freches, knuspriges Ding folgt mir sogar zur Tür hinaus, rollt knapp an einem Hundehaufen vorbei und landet schließlich mit einem fröhlichen Plumps im Rinnstein. Sir John wird es schon wieder einsammeln und zurück in den Brötchenkorb legen.

Pfui Deibel!

## Bock Le Münd de Cologne

Ich habe Bock
auf deinen Mund,
doch du bist heut´
in Bocklemünd.

Nach Bocklemünd,
zu später Stund,
fuhr ich und küsste
deinen Mund.

In Sürth nicht,
nicht in Longerich,
in Bocklemünd,
da küsst ich dich!

Ich habe Bock
auf dich und mich,
vielleicht auch mal
in Lövenich.

Am Liebsten doch,
in tiefer Sünd´,
bock ich mit dir
in Bocklemünd

Und nach Köln-Weiß,
treibt´s nie den Bock
mit seiner Geiß.

## Sonntag, 11.11. 2007

Trotzig will der Dom durchs Fenster meinem
müden Sonntagsblick entgegen eilen, doch
muss er schwarz und schweigend steh'n, als
Lückenbüßer zwischen Häuserzeilen.

Stürmisch treibt derweil die Windsbraut
feuchtschwangerschwarze Wolken her von
Norden, stürmisch treiben´s auf´ m ›Alter
 Markt‹ schon früh Kölsch beseelte
Jeckenhorden.

Ich hock derweil verqualmt im Stübchen,
fernab von Sturmalaaf und Narrendrang,
es weh'n durchs feinstaubgraumelierte
Fenster die Abgasschwaden und dumpfer
Karnevalsgesang.

Gleich schlägt in Köln die Narrenstunde,
wie jedes Jahr am Elften Elften Elf Uhr Elf.
Fünf Jahre noch, dann schlägt das letzte
 Stündlein am Zwölften Zwölften
Zweitausendzwölf

Den Untergang voraussagt der Kalender
uralter Mayas im dunklen Pyramidenbau.
»Wer glaubt, wird selig!«, schreien die
Verführer. »Das Ende kommt, jetzt wissen
wir's genau!«

Von Dächern flattern graue Tauben aufge-
schreckt durch plötzliches Hurra-Geschrei.
Die Rathausuhr hat Elf Uhr Elf geschlagen:
Alaaf, jetzt wird geschunkelt, Prost dabei!

Tanz Mariechen, schwing die Beine,
Kamelle, Strüsscher, Kölsch und Bützerei
Nicht Aschermittwoch ist schon Schluss mit
lustig, erst Zweitausendzwölf ist alles vorbei!

## Spieglein, Spieglein

Manchmal denk´ ich,
dass der Spiegel blind sein muss.

Manchmal denk´ ich,
dass ist nur ein Spiegelbild,
in Wirklichkeit, siehst du ganz anders aus!

Manchmal denk ich,
es liegt nur an der Beleuchtung,
dass er mich nicht so sieht,
wie ich mich sehe.

Manchmal denk ich,
er beschlägt vor Scham,
weil ich nackt vor ihn trete.

Manchmal denk ich,
was er mir da vorhält,
ist schon eine böse Anschuldigung.

Manchmal denk ich,
diese Spiegelung ist eine fatale Morgana!

Manchmal denk ich,
dass er nur manchmal meistens Recht hat.

## Beethoven

 Es gibt Leute, die sitzen heute morgen im Epizentrum der Macht. Ich dagegen sitze im Epizentrum eines Entkernungsbeben.

Das Privileg, zu Hause arbeiten zu dürfen, ist angenehm. Doch seit Wochen ist an ein Schreiben, Komponieren oder an Fingerübungen auf der Gitarre, nicht zu denken. Über mir wird, laut Auskunft meines Vermieters, seit Mitte Dezember 2007 eine Wohnung ›entkernt‹ - so der Fachausdruck.

Pünktlich um acht Uhr morgens wird schweres Geschütz aufgefahren: Presslufthämmer, Pressluftbohrer, Pressluftschleifer, Pressluftschrauber heulen auf, ein kreischendes und dröhnendes Inferno zerpflügt die Morgendämmerung, so laut, dass die Wände erzittern und von der Decke weiße Farbpigmente rieseln, die sich verzweifelt an winzige Verputzteile klammern, ein sinnloser Versuch, da er sie vor dem Sturz auf meinen Schreibtisch nicht zu bewahren vermag. So geht es pausenlos, den ganzen Tag. Da die Arbeiten schnell erledigt werden müssen - der nächste Mieter wartet schon - legen die Handwerker auch keine Mittagsruhe ein.

Der Lärm ist allgegenwärtig, lähmt Gehirn und Körper, dringt bis in die feinsten Nervenzellen.

An Arbeit ist nicht zu denken. Die Flucht in ein anderes Zimmer vergebliche Müh. Das tosende Inferno füllt jeden Winkel der Wohnung aus. Selbst das eigene Wort ist nicht zu hören. Erst wenn ich schreie, nehme ich meine Stimme wahr!

Natürlich habe ich die Lautstärke des Telefons auf höchster Stufe eingestellt, doch es kann klingeln so viel es will. Die kläglichen Tonsignale werden vom Krach übertönt, obwohl der Apparat in Reichweite auf meinem Schreibtisch hockt. Deshalb blinkt auch der Anrufbeantworter wie verrückt. Versuche, ihn in den kurzen Pausen, die die Arbeiter manchmal einlegen, abzuhören und Rückrufe zu tätigen, sind zum Scheitern verurteilt. Sobald ich einen Gesprächspartner an der Strippe habe, geht prompt der Radau wieder los und eine Verständigung ist nicht mehr möglich. Frustriert lege ich wieder auf und presse die Hände auf die Ohren.

Der Schmerz beginnt zuerst im Kopf, dann torpediert er die Ohren. Er bohrt sich wie ein glühender Nagel mit der gleichen Kraft in mein Gehirn, wie eine Etage über mir der tosende Presslufthammer seinen Bohrkopf in die Wand hineintreibt. Selbst die Wand schreit gequält auf da oben, während ich hier unten die Wand hoch gehen könnte und in den Wahnsinn treibe.

So muss ein Tier sich fühlen, wenn Jäger es mit ihren Speeren von allen Seiten umzingelt haben. Im Augenblick der höchsten Bedrängnis, wenn es keinen Ausweg mehr gibt, wird es mit bleckenden Zähnen und ausgefahrenen Krallen unweigerlich zum Angriff übergehen, einen letzten, wenn auch vielleicht vergeblichen Versuch machen, der Gefahr zu entrinnen.

So muss es Menschen ergehen, die, derart in die Enge getrieben, zur Waffe greifen und wild um sich schießend Amok laufen, nur um endlich, endlich dem Wahnsinn zu entkommen, der über sie herein gebrochen ist.

Ich habe keine Waffe. Hätte ich ein Maschinengewehr, vielleicht würde ich es tun. Die Vorstellung in das Stockwerk über mir zu gehen, die Wohnungstür einzutreten und mit einer Streusalve meinem Martyrium ein Ende zu bereiten, ist von einer derart dringenden Verlockung, dass ich schwer damit zu kämpfen habe, den Impuls zu unterdrücken.

Die Tat hätte verheerende Folgen für mich. In meinem Zustand schrecken sie aber nicht wirklich. Was nach der Tat geschehen mag, wird in den hintersten Winkel des Gehirns verbannt. Den Rest meines Lebens in einer Zelle oder der geschlossenen Abteilung einer Psychiatrie zu verbringen, erscheint angesichts der brutalen Vergewaltigung meiner Sinne, das kleinere Übel. Im Moment ist nur eines wichtig. Stille! Hauptsache jetzt ist es still, ganz still. Jetzt!

Ich beginne zu verstehen, warum der Mensch, wenn er sich lange genug einer solchen Tortur ausgesetzt sieht, bereit ist alles, aber auch wirklich alles zu tun, damit die Folter ein Ende hat. Warum er zum Mörder, zum Verräter, zum Denunzianten wird oder zum blutrünstigen Monster mutiert.

Die schreckliche Hilflosigkeit, das Wissen, nichts, aber auch gar nichts, dagegen tun zu können, weckt Mord- und Totschlagphantasien. Dem Lärm völlig ausgeliefert zu sein, seine Unerbittlichkeit, mit der er mich attackiert, weckt ein nie gekanntes Hassgefühl, das wie heiße Lava durch meinen Körper strömt, und solange es sich noch an meinen ethischen und moralischen Grundfesten staut, einen ungeheuren Druck aufzubauen beginnt. Wenn kein Druckausgleich möglich ist, kommt es unweigerlich zur Explosion. Physikalisch ist das so, ›psychikalisch‹, wenn ich es mal so nennen darf, auch, nur macht man sich dann strafbar.

Ich darf also nicht explodieren. Mein Recht auf Notwehr greift in diesem Falle nicht, obwohl schwere Körperverletzung und Vergewaltigung vorliegt und mein Recht auf Arbeit mit Füßen getreten wird. Wohin also mit meiner Wut, meinem Frust, meinem Schmerz und meinem Hass, wohin mit dem ganzen angestauten Druck, der nach Erlösung schreit?

Ein Ausweg bleibt mir. Ich kann die Wohnung verlassen und meine Zeit irgendwo draußen auf den Straßen von Köln vertändeln.

So stehe ich also um neun Uhr morgens mitten auf der Rosenstraße und genieße für einen kurzen Moment die herrliche Stille, die nur angefüllt ist vom rauschenden Verkehr auf der Rheinuferstraße, dem Sirenengeheul eines vorbei rasenden Krankenwagens und dem Geknatter eines Helikopters der Verkehrswacht, der über meinen Kopf und die Dächer des Vringsveedels hinwegtrudelt.

Was für eine Wohltat. Endlich ganz normaler alltäglicher Krach! Die nächste Stunde verbringe ich in einem Café in Wohnungsnähe und trinke einen Espresso nach dem anderen. Je länger ich sitze, desto klarer wird mir, dass es keine Lösung sein kann, bis zum Arbeitsschluss um siebzehn Uhr hier hocken zu bleiben und mich in einen Herzinfarkt zu trinken.

Ich muss einen Weg finden mit der Lärmbelästigung so umzugehen, dass ich sie nicht mehr als störend empfinde. ›Auf die Einstellung kommt es an‹, versuche ich mir einzureden. Vielleicht hilft ja auch Meditation?

Einen Versuch ist es wert. Ich gehe also zurück, mitten hinein in das Inferno, das in meiner Wohnung tobt und setze mich an meinen Schreibtisch.

Ändere deine Einstellung, sage ich mir immer wieder. Warum sich dem akustischen Wahnsinn, den dröhnenden Entkernungsmelodien so hasserfüllt, so negativ, so ablehnend entgegen stellen? Hab ein offenes Ohr dafür! Zeig ein bisschen Toleranz! Sieh es positiv! Vielleicht kann der absurde Lärm dir eine Inspirationsquelle für neue musikalische Ideen und schriftstellerische Höhenflüge sein?

Ich lasse also die Hände, die ich instinktiv bei Betreten der Wohnung fest auf meine Ohren gepresst hatte, herabfallen und lausche gebannt, stelle mir vor, über mir probt eine exzentrische Bande von experimentellen Musikern neue avantgardistische Kompositionen ein, die sie demnächst in den Hohlräumen unter der Fahrbahn der Severinbrücke zur Uraufführung bringen wollen.

Hingebungsvoll versinke ich in der Geräuschkulisse, die über mir hereinbricht. Ein Blick auf die Uhr verrät mir, dass es dreizehn geschlagen hat. Es ist Mittagszeit.

Durch das geöffnete Fenster dringt plötzlich eine zweite monströse Lärmquelle an mein Ohr, die es mit dem Entkernungsgetöse über mir durchaus aufnehmen kann. Zu den tobenden Presslufthämmern, Pressluftbohrern, Pressluftschraubern und Pressluftschleifern gesellen sich jetzt noch die laut aufheulenden Pressluftlaubbläser, Pressluftsägen und Pressluftheckenscheren der Gärtner hinzu, die im Auftrag des Vermieters einmal im Monat den spärlich begrünten Hinterhof auf Vordermann bringen dürfen.

Der akustische Wahnsinn ist somit komplett. Der Phonpegel schlägt weit über die Schmerzgrenze aus, doch ich bleibe standhaft, stehe zu meinem Vorsatz, bleibe tolerant, offen für neue Wege, lausche und lausche; und lausche immer noch, als die heftigen Kopfschmerzen einsetzen, lausche weiter, lausche, lausche, lausche...

Nach ein paar Stunden - oder sind es Tage? - sitze ich mit starren, glasigen Augen immer noch da und lausche. Ein Mann, er sieht aus wie Beethoven, setzt sich neben mich und lauscht ebenfalls. Wir lauschen gemeinsam. Es ist so still auf einmal.

Beethoven dreht sich zu mir herum, lächelt und spricht mich an. Ich kann nur raten, was er sagt, denn ich höre nichts. Um nicht unhöflich zu erscheinen, antworte ich ihm. Daraufhin nickt er heftig, doch sein Gesichtsausdruck verrät, dass er nicht verstanden hat, was ich gesagt habe. Er hört mich auch nicht. Egal. Dafür ist es jetzt schön still! Absolut still! So wohltuend still! Endlich!

Heureka! Die Muse ruft! Die Arbeit schreit nach mir! Wo ist die Gitarre, wo ist Stift, Pinsel, Keyboard und Computer?

Ich greife um mich, doch ich greife ins Leere. Nichts ist da! Langsam bekomme ich es mit der Angst zu tun. Diese bleierne Stille wird mir zunehmend unheimlicher. Warum höre ich nichts? Lauthals fange ich an zu schreien. Die Stimmbänder schmerzen, doch kein Laut ist zu hören, meine Schreie sind tonlos. Beethoven nickt noch immer mit dem Kopf, wie ein Wackeldackel auf der Ablage im Rückfenster eines VW-Käfers.

Ich packe Beethoven am Arm und zerre ihn in das Wohnzimmer, dort wo das Klavier steht. »Setz dich«, sage ich, »spiel, spiel so laut du kannst!«

Beethoven setzt sich vor das Klavier, wirft den Kopf zurück, schüttelt ein wenig affektiert seine wellige Mähne und fängt an zu spielen. Ich sehe wie seine Finger über die Tasten huschen, höre aber nichts.

»Lauter!«, schreie ich tonlos. »Spiel lauter!«

Ich sehe, dass er sich noch tiefer über die Tasten beugt und wie wild auf das Klavier einhämmert.

»Lauter! Lauter ! Lauter!«, brülle ich ihm ins Ohr.

Beethoven haut richtig rein, einzelne Tasten lösen sich und springen durch die Luft, wirbeln wie Geschosse an meinem Kopf vorbei. Es nützt nichts. Kein Ton ist zu vernehmen. Ich schubse ihn vom Klavierschemel und haue selbst in die Tasten, lege so viel Kraft hinein, wie nur möglich, will endlich etwas hören. Nichts ändert sich. Stattdessen sehe ich, wie kleine Rauchwölkchen dem Klavier entsteigen. Sie sehen wie die Kringel aus, die geschickte Raucher in die Luft blasen können. Es sind aber keine Kringel, sondern Notenzeichen, die schon nach kurzer Zeit ihre Form verlieren und sich auflösen. Je länger ich spiele, um so mehr rauchige Noten steigen auf. Es dauert nicht lange und der Rauch füllt das gesamte Wohnzimmer aus. Er wird so dicht, dass ich die Klaviertastatur nicht mehr erkennen kann.

Entsetzt springe ich auf und schlage wild um mich, in der Hoffnung, die Stille in Trümmer zu legen und mir einen Weg durch die verqualmte Wolkenwand zu bahnen.

Graue Schatten tauchen auf, kommen durch den Nebel auf mich zu, werfen mich zu Boden und zwingen meinen Oberkörper und meine Arme in ein merkwürdiges Textil.

Unfähig mich zu bewegen, halte ich nach Beethoven Ausschau. Doch er ist verschwunden. Und ich wollte ihn doch noch gefragt haben, ob er damals in Bonn auch im Epizentrum eines Entkernungsbebens gesessen hat, damals als er taub wur...

Ich wache in einem mit gepolsterten Wänden ausgestattetem Raum auf. Er erinnert mich stark an die Aufnahmestudios, in denen ich schon so oft gearbeitet habe. Doch außer dem Bett auf dem ich festgeschnallt liege, sehe ich keine anderen Einrichtungsgegenstände. Kein Laut ist zu hören.

Der Raum muss schalldicht sein. Also doch ein Studio?

Plötzlich drängt sich Beethovens Gesicht durch das Dickicht der Nebelballen ganz nahe an meines heran. Ich kann sogar seinen heißen Atem spüren. Er bewegt die Lippen und diesmal höre ich ganz genau, was er sagt.

»Du taube Nuss!«, sagt Beethoven. »Welcome to the club!«

Anmerkung: Ein schwerer Tinnitus (auch Ohrinfarkt genannt) ereilte den Autor im Herbst 2012. Seitdem plagen ihn Hörgeräusche, wie z. B. ein anhaltendes Zischen und Rauschen, sowie eine verzerrte akustische Wahrnehmung bestimmter Tonfrequenzen. Die Hörschädigung lässt sich nicht mehr rückgängig machen. Es ist nicht ganz klar, was Beethovens Taubheit verursacht hat. Der Autor tippt auf einen aggressiven Tinnitus, da Beethoven es im Juni 1801 in einem Brief an einen Freund so beschreibt: »Mein Gehör ward immer schlechter...meine Ohren, die sausen und brausen Tag und Nacht fort.«

## Es rauscht nur noch der Wind

»Mist!!! Ich verstehe es einfach nicht! Und wenn ich es mir noch tausendmal anhöre!«

Gereizt haut er auf die Stopptaste, drückt auf Revers und lässt das Band zurück spulen. Er lehnt sich mit seinem Stuhl so weit nach hinten, bis er den Balancepunkt erreicht. Eine Weile kippelt er vor sich hin, während seine Gedanken zum gestrigen Abend wandern.

Zu blöd, dass er sich an nichts mehr erinnern kann. Ärgerlich schwingt er mit einer heftigen, ruckartigen Bewegung ein Bein nach vorne, um seinem Missgeschick einen imaginären Tritt zu verpassen. Im selben Moment spürt er, wie er die Balance verliert. Der Stuhl kippt nach hinten und nur seine blitzschnelle Reaktion, die seine Hand nach vorne zucken und die Tischkante packen lässt, verhindert den Sturz. Adrenalin schießt durch seinen Körper und heizt ihn mit einem Schlag auf. Sein Herz klopft heftig. Kleine

Schweißperlen dringen aus den Poren und besetzen seine Stirn.

So richtig fit ist er immer noch nicht. Scheiß Kater, denkt er. Mit beiden Händen reibt er sich den Schweiß aus dem Gesicht und wischt sie an der Hose ab.

Laut ruft er in Richtung Tür: »Schaahatz! Kannst du mir mal helfen? Ich komme mit meiner Glosse für das HiFi-Magazin einfach nicht weiter!«

Als sie kurz darauf ins Zimmer kommt, merkt er an ihrem Gesichtsausdruck, dass sie immer noch sauer auf ihn ist.

Mein Gott, ja! Er war betrunken gewesen. Na und? Es war ja nichts passiert und blöde benommen hatte er sich auch nicht, oder? Na gut, auf dem Nachhauseweg hatte er sie als Abschleppdienst benutzt und zugegeben, jeder Transportunternehmer hätte ihn mit seinem Gewicht von hundertfünfundreißig Kilo zum Schwertransport deklariert. Aber muss sie jetzt den ganzen Tag darauf herumreiten?

Er lässt sich nichts anmerken, sondern sagt mit neutraler Stimme: »Ich verstehe einfach nicht mehr, was ich da gestern Abend noch auf Band gesprochen habe. Tut mir leid, dass ich so betrunken war, ehrlich. Aber morgen ist Redaktionsschluss und ich muss den Artikel jetzt unbedingt fertig schreiben«

»Und was soll ich dabei?«, fragt sie kühl. Sie blickt ihn nicht an, sondern schaut aus dem Fenster.

»Also, ich weiß, dass du Übung darin hast, mich selbst im betrunkenen Zustand noch gut zu verstehen. Wie oft hast du mir am nächsten Morgen erzählt, was ich am Abend zuvor für einen Mist zusammengelallt habe. Deswegen möchte ich dich bitten, mir beim Abhören des Bandes zu helfen. Ich versteh´s beim besten Willen nicht! «

Sie seufzt und zieht sich einen Stuhl heran, bleibt aber auf Abstand.

»Lass hören!«, sagt sie kurz angebunden.

Uh, oh, denkt er, noch kein Tauwetter, immer noch Eiszeit. Er zieht das Diktiergerät zu sich heran und drückt auf ›Start‹.

*»Ischbn ssomüdassisch nischmä schreibngann desalp schbrech ichs liebaaa insdigdiergeräd undrags dannmognnach.«*

Unwillkürlich zuckt er zusammen, als er die schwerfällige, alkoholisierte Stimme hört. Jetzt, wo sie dabei ist, klingt alles noch peinlicher. Aber da muss er nun durch. Er drückt auf ›Stopp‹ und sieht sie fragend an. Sie übersetzt ohne zu zögern:

*»Ich bin so müde, dass ich nicht mehr schreiben kann. Deshalb spreche ich es lieber ins Diktiergerät und trage es dann morgen nach.«*

»Klasse! Ich wusste es! Du kannst es!«

Er springt vor Freude auf und will ihr einen Kuss auf die Wange drücken. Doch sie weicht sofort zurück und wendet ihr Gesicht ab.

»Lass das jetzt! Ich dachte die Arbeit ist so furchtbar dringend!«, sagt sie scharf.

Er plumpst auf seinen Stuhl zurück, als wäre er gegen eine Wand gelaufen. Mit zusammenge-kniffen Lippen startet er das Band erneut. Es läuft nur wenige Sekunden, als sie schon »Stopp!« sagt.

Ihre Übersetzung kommt wie aus der Pistole geschossen:

»*Aber den Tag muss ich unbedingt festhalten, bevor ich ins Bett kippen tue. Sonst vergesse ich wieder alles. Also: Heute waren wir beim Jahrestreffen der HiFi-Fans.*«

Er hat sich jetzt Papier und Stift besorgt und schreibt eifrig mit. Kurz darauf drückt er wieder auf ›Start‹.

Er sieht, wie es in ihrem Gesicht zuckt, als sie dem schnodderigen Gequäke lauscht, und bevor sie übersetzt, spürt er sofort, dass irgend etwas nicht stimmt.

»*Als meine Frau und ich dort eintrafen, begegneten uns im Foyer bereits zwei alte Bekannte. Stereo und seine niedliche Mono begrüßten uns lautstark und gemeinsam gingen wir in den Veranstaltungssaal.*«

»Da hast du in deinem Suff sicher was durcheinander gebracht«, sagt sie kalt. »Das waren die Landknechts und die heißen mit Vornamen nicht Stereo und Mono, sondern Stefan und Monika, wenn ich dich daran erinnern darf.«

Er schweigt betreten. Das war´s aber noch nicht, denkt er.

»N i e d l i c h e   M o n o ! Wie interessant!«, fügt sie nach einer Pause, mit einem spöttischen Unterton in ihrer Stimme, hinzu.

Das war´s also: Die niedliche Monika! Hoffentlich hat er nicht noch mehr Peinlichkeiten auf dem Band offenbart! Schnell lässt er es weiter laufen.

»Das willst du schreiben?«, fragt sie, nachdem er auf ihr Kommando hin abgeschaltet hat.

Sie schüttelt den Kopf.

»Wie kann man sich nur so volllaufen lassen! Aber gut, es ist dein Text:

Dort saßen bereits einige aufgemotzte Hochtöner, während auf der Bühne die ersten Lautsprecher auftraten, deren Schallwellen aber von den fetten, dumpf vor sich hin wummernden Subwoofern schlicht weg ignoriert wurden.«

Hochrot läuft sein Kopf an, senkt sich tief über das Papier und sein Stift bohrt ein Loch in das Blatt. Er schämt sich abgrundtief, und schon steigen heftige Zweifel in ihm auf, ob es eine so gute Idee war, sie um Hilfe zu bitten. Denn zu Ende ist das Band noch lange nicht. Er seufzt schwer und lässt es wieder laufen.

Aus den Augenwinkel beobachtet er, wie sie lauscht und zu grinsen anfängt. Es ist ein sehr gemeines, sehr hämisches und sehr ekelhaftes Grinsen. Scheiß Sauferei, denkt er, als sie wieder zu diktieren anfängt.

»Ich habe sofort gemerkt, dass die sich eher für die gut gebaute, doch sichtlich überforderte Fernbedienung interessierten, die hektisch und am Ende ihrer Batterien durch die Reihen wuselte und dabei immer wieder den im Saal hin und her pendelnden Kopfhörern ausweichen musste.«

»Toll!« sagt sie. »Wahrlich eine journalistische Meisterleistung!«

Er kann es förmlich sehen, wie ihre ätzende Ironie auf sein Blatt tropft und er steht kurz davor, nicht nur das Diktiergerät aus dem Fenster, sondern die ganze Aktion zu schmeißen.

»Nun mach schon weiter!«, unterbricht sie seinen Gedankengang. »Ich habe nicht vor, mir den Schwachsinn den ganzen Tag anzuhören!«

Ärgerlich und überheblich klingt sie. Doch nach Aufmüpfigkeit ist ihm nicht zu Mute.

Nicht mit diesem Kater!

Lieber Schnauze halten heute, denkt er und betätigt die Wiedergabetaste.

»Uuuuh«, sagt sie, »das ist wirklich schwer zu verstehen. Mal sehen ob ich's hin bekomme. Also: *Ich muss sagen, die Veranstaltung war aber im Großen und Ganzen ziemlich enttäuschend und langweilig. Selbst die Ankunft mehrerer...*

Äh...warte mal, da habe ich etwas nicht so ganz mitbekommen. Irgendwas mit ›Olle Sau hat 'ne Zyste‹...«

»Hä? Olle Sau hat 'ne Zyste? Das kann ich aber wirklich nicht gesagt haben! So besoffen war ich nun auch wieder nicht!«, protestiert er.

Der vernichtende Blick, der ihn trifft, straft ihn sofort Lügen.

»Ach, jetzt verstehe ich!«, schreit sie auf einmal. »Nicht ›Olle Sau hat ne Syste‹, sondern ›All Surround Sound Systems‹ heißt das! Jetzt hab' ich's. Also weiter:

*Selbst die Ankunft mehrerer All Surround Sound Systems aus der internationalen Filmszene sorgten nicht mehr, wie in den Jahren zuvor, für tumultartige Begeisterungsstürme.*«

Sie sagt diesmal nichts, während er schreibt. Er ist froh darüber, aber die Stille beunruhigt ihn auch.

›Lieber Gott‹, denkt er, ›lass mich bitte auf dem Band keinen Scheiß mehr erzählen!‹

Doch schon plärrt die Stimme wieder los und sie klingt diesmal recht vergnügt.

»Wenn das man nicht 'ne klare Aussage ist!«, triumphiert sie und übersetzt, wobei sie den Satz überdeutlich und unnötig gedehnt ausspricht:

»*Deswegen ging ich immer öfter ins Foyer um mich wieder aufzuladen.*«

Glasklar und hart klingen die Worte.

Er springt auf und schreit: »Ja, mein Gott! Ich habe gestern zu viel getrunken! Ich habe es schon zugegeben und ich habe mich auch schon entschuldigt! Was willst du denn noch? Soll ich den ganzen Tag vor dir auf dem Boden kriechen und Staub fressen?«

Sie schaut ihn verständnislos an und unterwirft ihre Fingernägel einer kritischen Betrachtung. »Habe ich was gesagt?«, fragt sie unschuldig.

»Nein, du hast nichts gesagt! Aber du weißt genau, was ich meine! Tue nur nicht so!«, brüllt er und merkt zugleich, dass ihm sein Kater diese Anstrengung übelnimmt, denn der fährt sofort die Krallen aus und gräbt sie tief in seine Kopfhaut.

»Autsch!« Seine Hände fliegen zum Kopf hinauf. Vergeblich versucht er die Schmerzen mit leicht kreisenden Bewegungen zum Verstummen zu bringen.

»Machen wir weiter, oder soll ich später wieder kommen?«, fragt sie jetzt ungeduldig.

»Weiter«, sagt er bitter und startet das Band neu.

»Das hätte ich mir denken können, das du auf die aufgeblasenen Plastiktüten dieser Skandalnudel stehst«, höhnt sie, noch während das Band läuft.

»Außerdem heißt sie nicht ›Dolby Booster‹, sondern ›Dolly Buster‹!«

»Wovon sprichst Du eigentlich?«, fragt er irritiert

»Na davon, was du da gerade da vom Band sabbelst!«

Dann schlägt sie sich mit der Hand an die Stirn. »Ach, ich vergaß! Du verstehst ja nichts!«

Er schaut sie verständnislos an, doch längst ahnt er Böses.

Schadenfroh deklamiert sie:

*»Klasse fand ich dann aber die Dolby Booster! Mit ihrem geilen Phono-Auftritt konnte sie die Stimmung endlich gehörig anheizen. Sie bekam auch ein riesiges Feed Back und die völlig übersteuerten HiFi-Anlagen pfiffen und kreischten was das Zeugs hielt, so dass ich mir die Ohren zu halten musste.«*

Verächtlich spuckt sie ihm ein »Geiler Bock!« in den über den Schreibtisch gebeugten Rücken. Er zieht verschreckt den Kopf zwischen den Schultern ein. Die reflexartige, schildkrötenhafte Bewegung ist für sie Beweis genug.

»Am liebsten würde ich...« Sie hält für einen Moment inne. »...Ach, was soll es, machen wir weiter, damit das Drama endlich ein Ende nimmt.«

»Okay«, nuschelt er gequält zwischen den Schultern hindurch und stellt das Gerät wieder an.

»Haaalt! Stop! Das reicht!«, befiehlt sie ihm herrisch.

Sein Finger knallt auf die Stopptaste und die Stimme endet abrupt. Er sieht, dass sie mal wieder resigniert den Kopf schüttelt.

»Mein Gott, Herbert!«

Ihre Augen starren ihn an, scheinen ihn zu durchbohren.

»Ich glaube fast«, sagt sie monoton, »dass du dir schon das halbe Gehirn weggesoffen hast. Selbst im angetrunkenen Zustand kann man doch nicht so einen Stuss...«

Gereizt unterbricht er sie.

»Iss ja gut jetzt!«, schnarrt er. »Das haben wir nun oft genug durchgekaut!«

Sie zuckt mit den Schultern.

»Du hast Recht. Ist ja sowieso sinnlos mit dir darüber zu reden. Also, das hier hast du zuletzt gesagt:

*Danach forderten die CD-, DVD- und MD-Player der Digital Desire Band zum Tanzen auf. Schon im letzten Jahr hatten sie die sehr altbacken wirkende High Fidelity Band aus verkratzten LPs und ständig berauschten MC-Spielern abgelöst. Natürlich tanzte ich zuerst mit meiner Frau.«*

»Und«, fragt er, als er ihre versteinerte Miene bemerkt, »war das so schlimm, dass ich mit dir getanzt habe?«

»Nein«, sagt sie, »das war nicht so schlimm. Außer, dass du mir permanent die Füße platt getreten hast und ich von deiner Fahne fast eine Alkoholvergiftung bekommen habe. Aber was *danach* kam, war schlimm, oder sagen wir, absolut peinlich und widerwärtig.«

Ihr Mund verkneift sich, verwandelt sich vor seinen Augen zu einem schmalen geraden Strich.

Ganz leise steigt ein Verdacht in ihm auf. Die Erinnerung gibt ein verschwommenes Bild des gestrigen Abends frei. Er sieht sich selbst, wie er irgendetwas, irgendwen im Arm hält. Doch bevor er es erkennen kann, erlischt die Vision und lässt ihn ratlos zurück.

»Na, fällt es dir wieder ein?« Sie steht abrupt auf, geht energisch zum Schreibtisch und drückt jetzt selbst auf den Starter.

Nach wenigen Sekunden stoppt sie die Aufnahme und schaut auf ihn nieder. Er schaut gequält zurück und weiß sofort, dass jetzt etwas Entsetzliches auf ihn zu kommt.

»Du mieses Schwein!«, zischt sie und dann folgt ihre Übersetzung.

*»Danach aber schwenkte ich meinen Tonarm aus und nahm mir die niedliche Mono zur Brust. Ich wollte schon immer mal meine Diamantnadel in ihre Rille setzen!«*

Die letzten Worte schreit sie ihm in ins Gesicht. Er rutscht immer tiefer auf seinem Stuhl, dessen Sitzfläche plötzlich und ohne Vorwarnung unter ihm hinweg gleitet. Sein Hinterkopf schlägt kurz auf der Sitzkante auf, dann landet er mit einem dumpfen Ächzen unter dem Tisch.

Sie dreht sich angewidert um, stampft zur Tür, dass der Parkettboden in heftige Schwingungen gerät und knallt sie hinter sich zu.

Seltsamerweise hat sich das Band wieder in Bewegung gesetzt. Vielleicht ist sie ja bei ihrem spontanen Aufbruch an die Taste gekommen. Immer noch unter dem Tisch liegend, hört er, wie seine krächzende Stimme weiter drauflos plappert.

Sie muss gelauscht haben, denn urplötzlich stürmt sie wieder zur Tür herein, stoppt erst das Band, baut sich dann mitten im Zimmer auf und brüllt los:

»Na gut, bringen wir es zu Ende! Na los, steh auf und schreib es auf. Dann haben wir es endlich schwarz auf weiß, du Dreckskerl!«

Mühsam kriecht er unter dem Tisch hervor, hangelt sich am Stuhl hoch und setzt sich wieder an den Tisch. Aschgrau ist er im Gesicht und seine Hände zittern unkontrolliert, als er versucht ihrem Diktat zu folgen.

»Los! Schreib!« Sie brüllt wie ein Stier.

»*Um ihr so richtig zu imponieren, drehte ich meinen Verstärker voll auf, so nach dem Motto „Pump Up The Volume". Und da ich sie ganz fest an mich gedrückt hielt, muss die niedliche Mono das wohl gespürt haben.*«

Wie ein Habicht stößt sie auf einmal auf ihn herab, langt mit einem Arm über ihn und krallt sich das Diktiergerät. Jetzt will sie die Sache selber in die Hand nehmen, selber das Tempo bestimmen.

»Wollen wir doch mal sehen, was uns der feine Herr noch so alles zu offenbaren hat!«

Ungestüm drückt sie auf den Tasten herum, bis endlich seine Stimme wieder blechernd durch das Zimmer scheppert.

Sein Kater tobt wie eine Furie. Wild rast er an den Gehirnwänden auf und ab, als sie ihm mit sich überschlagender Stimme das Gehörte um die klingenden Ohren schlägt.

»*Das hatte aber leider zur Folge, dass ihr die Sicherungen durchbrannten, denn plötzlich gab es einen Kurzschluss, Klammer auf: Das hat vielleicht geknallt!, Klammer zu, bei dem, neben Stapeln von Plattentellern, auch so manche Festplatte des reichhaltigen Menüs zu Bruch ging.*«

Sie beugt sich zu ihm herab und zischelt ihm gehässig ins Ohr:

»Übrigens, der Kurzschluss, das war ich mit meiner Handtasche! Eigentlich müsstest du noch eine Riesenbeule auf deinem nutzlosen Schädel haben! Jedenfalls bist du wie ein Plumpssack zu Boden gegangen!«

Eine Antwort oder eine Reaktion seinerseits, wartet sie erst gar nicht ab. Es geht ihr jetzt nicht mehr schnell genug, obwohl er wie rasend schreibt.

»Bis du soweit? Nun mach schon! Weiter! Weiter!«

Und schon presst sie ihren Daumen hart auf den Wiedergabeknopf. In unbändigem Zorn rennt sie nun wild im Zimmer auf und ab, fuchtelt mit dem Apparat in der Luft herum, bleibt plötzlich abrupt hinter ihm stehen und schreit ihm den Text ins Ohr:

*So nahm für uns das Fest gegen Mitternacht ein jähes Ende. Meine Frau und ich verabschiedeten uns schnell von Stereo und seiner niedlichen Mono und wir machten, dass wir da weg kamen. Zur nächsten Playstation. Es hat ziemlich lange gedauert bis wir zu Hause waren. Ich bin nämlich völlig betrunken. Und wie! Mein lieber Mann!*«

Sie lässt ihm keine Zeit mehr mitzuschreiben. Wie von Sinnen und blind vor Wut drückt sie auf dem Diktiergerät herum, bis sie durch Zufall endlich die richtig Taste drückt.

Doch die Stimme bleibt aus.

Da sie den Lautstärkeschalter versehentlich bis zum Anschlag aufgedreht hat, ertönt nur noch ein mächtiges Rauschen aus dem Apparat. Sie stutzt, schnappt nach Luft, starrt ungläubig auf den kleinen Kasten in ihrer Hand und schüttelt ihn dann heftig.

Es rauscht und rauscht.

Langsam fallen ihre Arme herab. Ihre ganze Gestalt scheint in sich zusammen zu sinken. Es ist aus. Sie weiß es jetzt. Vorbei. Zu Ende. Schluss. Amen. Aus!

Ohne es abzuschalten, schmeißt sie das Diktiergerät im hohen Bogen aus dem offenen Fenster und geht langsam, sichtlich erschöpft, aus dem Zimmer.

An der Tür dreht sie sich kurz um, versucht noch einmal alle Verachtung, die sie für ihn in diesem Moment empfindet, in ein Wort zu fassen, gibt schließlich auf und hinterlässt ihm ein hilfloses, aber kräftiges ›Arschloch!‹.

Das Wort fliegt in den Raum hinein, steigt hinauf zu Decke, driftet hinüber, dorthin wo er sitzt, segelt langsam auf ihn herab und hüllt in völlig ein. Eine geschlagene Stunde sitzt er in der verbalzotigen Worthülse, unfähig sich zu bewegen.

Dann schüttelt er das ›Arschloch‹ ab und geht ins Bad.

Einige Minuten später rauscht das Wasser aus der Dusche.

Draußen auf der Straße rauscht ein kleines Diktiergerät.

Ein Auto rauscht vorbei und fährt es platt.

Jetzt rauscht nur noch der Wind.


## Epilog

Zwei Tage später klingelt das Telefon. Sie hebt ab: »Ja, bitte?«

»Guten Tag, ist ihr Mann zu Hause?«

»Wer ist denn da bitte?«

»Ach, Entschuldigung, hier spricht Meier-Nachacker. Chefredakteur des ›Wir Hifisten Magazins‹. Kann ich ihren Mann sprechen?«

»Nein, mein Mann ist im Moment nicht da. Kann ich irgendetwas ausrichten oder soll er sie zurückrufen?«

»Nicht nötig, sagen sie ihm nur, dass ich von seiner kleinen Glosse, die er so kurz vor Reaktionsschluss noch eingereicht hat, ganz begeistert war. Ich habe Tränen gelacht und noch einen Platz dafür frei machen können. Erscheint also in der nächsten Ausgabe. Das ist genau das, was unsere Abonnenten zwischen all den trockenen Berichten lesen wollen. Für diese journalistische Meisterleistung bin ich gerne bereit auf das übliche Honorar noch etwas draufzulegen! Sagen sie ihm das. Er wird sich freuen! Einen schönen Abend noch!«

Sie legt verwundert auf, geht in sein Zimmer und sucht nach dem Manuskript. Endlich hat sie es zwischen all den Papieren gefunden. Sie liest:

*Als Stereo und Mono eintrafen, saßen im Saal bereits mehrere aufgemotzte Hochtöner, während auf der Bühne die ersten Lautsprecher auftraten, deren Schallwellen aber von den fetten, dumpf vor sich hin wummernden Subwoofern schlichtweg ignoriert wurden. Die schienen sich eher für die gut gebaute, doch sichtlich überforderte Fernbedienung zu interessieren, die hektisch und am Ende ihrer Batterien durch die Reihen wuselte...*

Langsam senkt sich ihre Hand, die das Manuskript hält.

»Das darf nicht wahr sein«, murmelt sie und überfliegt den ihr so sattsam bekannten Text.

»Und dafür wird der Kerl auch noch belohnt«, stöhnt sie auf, als sie zum letzten Satz kommt.

*...so nahm das Fest gegen Mitternacht leider ein jähes Ende. Stereo und Mono verabschiedeten sich schnell, schwenkten noch so manchen Tonarm und machten sich dann auf zur nächsten Playstation, denn*

*das Audio hatten sie vorsichtshalber zu Hause gelassen.*

Sie starrt aus dem Fenster.

›Die Welt ist einfach ungerecht!‹, denkt sie, während sich in ihrer Hand das Manuskript zu einem kleinen Papierbällchen formt. Dann lässt sie es achtlos zu Boden fallen.

Es rollt unter den Schreibtisch und versteckt sich für zwei Jahre hinter dem linken Tischbein, dort wo es am dunkelsten ist.

**Pass op!**

Das Schicksal fordert mich heraus.

Tagtäglich!

Was soll das ewige Gewedel
mit dem Fehdehandschuh, sprich?

Willst duellieren dich?

Mit mir? Dem alten Sack?

Pass op - ich mach dich platt -
mit einem Schlag!

ZAWANNNNG!!!

Jetzt lauf, dein Blaues Veilchen pflegen!

Und denk daran:

Ein alter Sack, wie ich, der kennt sich aus
mit Schicksalsschlägen!

## Die Wolfsbraut

Es war einmal ein Wolf,
der hatte rote Bäckchen,
er hatte keinen Pelz, oh nein,
ihm wuchsen rote Löckchen.
Da stülpte er sich auf den Kopf
ein keckes, rotes Käppchen,
und rechts und links flocht er g´schwind
aus seinen Locken Zöpfchen.

Er färbte sich die Lippen rot,
zog an in ein rotes Röckchen,
das war recht kurz und passte gut
zu roten Kringelsöckchen.
Dann schlüpfte er in rote Pumps
und tuschte sich die Wimpern,
und schließlich ging er durch den Wald
und wackelte mit dem Hintern.

Schon bald, in einer Tannenschonung,
sah ihn ein tumber Jäger,
der dachte, ›Mann, die kauf ich mir,
was für ein geiler Feger!‹
»Was kostest es, du holde Braut?«,
rief er ins helle Mondlicht.
Der Wolf rief: »Einen Euro, Mann!«
und zog ihn in ein Dickicht.

Am nächsten Tag, bei Morgenrot,
im Busch aus Buschwindröschen,
fand man den Jägersmann halbtot
und nackt bis auf das Höschen.
Da riefen all die Leut´ entrüstet:
»Wer hätte das gedacht?

Nach Sodomie hat´s ihn gelüstet,
der wird jetzt vor Gericht gebracht!«

Das Urteil fiel, das Beil, der Kopf,
doch fiel kaum ein Verdacht,
auf einen Wolf mit rotem Schopf,
der hat sich schnell davongemacht.
Zog alle roten Sachen aus,
schnitt ab die roten Löckchen,
dann ging er nach St. Severin
und schlug das Totenglöckchen.

## Linie 16

### Episode 1

Es ist mit einem Male wieder bitterkalt geworden. Der April hat den Winter zu Gast geladen. Jetzt schneit es auch noch. Dazu bläst ein eisiger Wind aus Nordost. Die Menschen um mich herum, die mit mir am Ubierring auf die Straßenbahn warten, ziehen wie die Schildkröten ihre Köpfe ein, schlagen sich die Kragen um die Ohren, schütteln sich und rütteln sich, beklopfen mit beiden Händen kräftig ihre Oberarme, gehen tief in sich gebeugt auf und ab, hüpfen von einem Bein auf das andere, wippen mit den Füßen auf der Stelle und machen verdrießliche Gesichter.

Die Linie 16, die wir sehnlich herbei wünschen, hat wieder Verspätung. Sie fährt von Köln über die Dörfer Godorf, Wesseling, Urfeld, Widdig und Hersel nach Bonn und danach noch ein Stück weiter nach Bad Godesberg.

Sie fährt natürlich auch zurück.

Die Straßenbahn kommt und hält mir die Türen auf. Schnell steige ich ein und quetsche mich durch einen Pulk von Schülern und Schulranzen. Es sind Kinder, die sich schubsen, hauen, anschreien, spucken und überhaupt sehr nervig sind.

Hinten im Wagen finde ich tatsächlich noch einen Fensterplatz. Dann sehe ich warum der Platz noch frei ist. Es könnte Currysoße sein, die da auf der Sitzfläche hockt und zäh gegen die Fliehkraft der sich beschleunigenden Straßenbahn anzukämpfen versucht. Tatsächlich taucht dabei eine kleine halbe Fritte auf, um Luft zu schnappen. Es ist also wirklich Currysoße.

Alle umstehenden und sitzenden Fahrgäste schauen mich an. Sie warten gespannt darauf, was ich jetzt machen werde.

›Ruhig bleiben!‹ sage ich mir und als es mir gelingt das Lampenfieber auf ein erträgliches Maß zu reduzieren, kann die Vorstellung beginnen.

Ich nehme im schmalen Gang Position ein und verbeuge mich tief vor meinem Publikum. Alle gucken mich an, aber keiner klatscht.

Schade.

Davon lasse ich mich aber nicht irritieren. Mit der geschmeidigen Hand eines Zauberkünstlers, ziehe ich als erstes ein Paket Papiertaschentücher aus der linken Innentasche meines schwarzen Jacketts, entnehme ihm ein eben solches, falte es mit geschickten, flinken Fingern auseinander, hebe es hoch, zeige es rund herum, damit auch alle sehen, dass dies kein fauler Trick ist und wische dann mit eleganten, zauberhaften Bewegungen die Currysoße vom Sitz. Den Vorgang wiederhole ich mit einem zweiten Tuch der Gründlichkeit wegen.

Zum Abschluss der Vorstellung werfe ich, wie man es nach einem gelungenen Trick zu tun pflegt, beide Arme in die Höhe, halte dabei in jeder Hand eines der jetzt rot verfärbten Taschentücher und winke den Fahrgästen damit zu.

Dann verbeuge ich mich so tief ich kann, setze mich auf den gesäuberten Platz, lasse wie durch Zauberei die verschmutzten Tücher unter dem Sitz verschwinden und warte auf den Applaus, der jetzt eigentlich aufbranden müsste.

Ich warte vergebens. Alle schauen wieder aus dem Fenster, in ein Buch, gerade aus, auf ihr Mobiltelefon oder ins Leere. Ich habe sie nicht beeindruckt. Ich habe sie enttäuscht, weil ich mich nicht mitten in die Currysoße gesetzt habe.

»Na, dann wollen wir es uns mal gemütlich machen« sage ich freundlich zu meiner Sitznachbarin, einer mageren Brünette, mit gekrüsseltem Haarschopf.

Ein kurzer, irritierter Blick zu mir herüber, dann entfährt ihrem Mund so etwas wie »Pfffff...«, was alles und nichts bedeuten kann. Sofort versteckt sie sich wieder in ihrem Frauenmagazin, das auf der Seite mit den Kochrezepten aufgeschlagen ist.

›Currysoße selbstgemacht‹ lese ich da.

**Episode 2**

 Auf der Rückfahrt von Bonn-Hauptbahnhof nach Köln-Clodwigplatz ist die Bahn wieder überfüllt. Ich recke meinen Hals, um über die Köpfe der dicht gedrängt stehenden Fahrgäste nach einem Sitzplatz Ausschau zu halten.

Wieder entdecke ich einen freien Platz im hintersten Wagenteil. Nach der Erfahrung mit der Currysoße hätte mich das eigentlich misstrauisch machen sollen.

Doch die Müdigkeit ist stärker. Ich zwänge mich durch beleibte Leiber und an knurrenden Hunden vorbei, die plötzlich zwischen den Beinen sitzender Passagiere hervor schießen und nach meinen Waden schnappen.

Endlich bei meinem Sitzplatz angekommen, sehe ich auch, warum er noch frei ist.

Auf dem Fensterplatz daneben lümmelt ein halbwüchsiger Bursche. Er schaut mit finsterem Gesicht auf das Display seines Smart Phones und wischt es mit schnellen Daumenbewegungen ständig sauber.

Natürlich ist er auch ein bisschen tätowiert. Natürlich ist sein Haupthaar rund um seinen Kopf bis auf die Haut gestutzt, nur oben auf der Schädelplatte steht noch fransiges, glatt gestyltes Langhaar, dessen Spitze sorgsam über sein linkes Auge gekämmt ist. Natürlich trägt er die teure Hose einer bekannten Sportmarke, schnieke Sneaker an den breiten Füßen und eine trendige, weiße Daunenfederjacke ohne Ärmel, die dazu dient, seine braungebrannten, nackten, muskulösen Arme herzuzeigen.

Natürlich sitzt er nicht. Er liegt, hingefletzt auf seinem Platz, wobei sein breiter Hintern weit über die Sitzfläche gerutscht ist. Das sieht zwar cool aus, aber nicht bequem.

Natürlich hat er die Beine so weit gespreizt, dass sein linker feister Oberschenkel die halbe Sitzfläche meines freien Platzes blockiert.

Sich neben diesen breitbeinigen Finsterling zu setzen, hat anscheinend kein Fahrgast gewagt, man hätte ihn ja zuvor ansprechen und ihn bitten müssen, sein feistes Bein sittsam einzuziehen.

Ich stehe da und schaue ihn mir genau an. Als erstes registriere ich seine zahlreichen Pubertätspickel, die wirklich nicht schön sind. Dann fällt mir der spärliche Bartflaum auf, den er versucht hat zu einer schicken dünnen Linie zu trimmen. Gern würde er einen harten, männlichen Eindruck vermitteln, doch die Pausbacken, das rundliche Kinn und seine schmollige Unterlippe verhindern dies.

Nach beendeter Inspektion, die mir eine zufriedenstellende Diagnose ermöglicht hat, komme ich zu dem Schluss, dass hier nur ein einziger Zaubertrick aus meinem vielfältigen Repertoire Erfolg versprechend ist. Die Vorstellung wird zwar einige Zeit in Anspruch nehmen, aber was macht das schon. Die Fahrt ist noch lang.

Ich blicke zurück in die Runde meiner Mitreisenden. Alle umstehenden und sitzenden Fahrgäste schauen mich an und warten gespannt darauf, was ich jetzt machen werde. Gut! Es kann losgehen!

Dieses Mal lasse ich das mit der Verbeugung, es ist ja auch nicht wirklich ein Zaubertrick, sondern eher eine Demonstration psychologischer Kleinkriegsführung im alltäglichen Überlebenskampf.

Ohne Vorwarnung und für alle überraschend, lasse ich mich plötzlich mit Wucht auf den Sitz fallen. Mein Knie schlägt dabei hart an das Knie meines jugendlichen Gegenspielers. Es soll schon ein bisschen weh tun! Das Bein zuckt zurück, geht aber gleich wieder in seine breitbeinige Ausgangsstellung.

Auf Widerstand zu stoßen, war vorauszusehen. Der Lümmel versucht, sich nichts anmerken zu lassen, geschweige denn seine lässige Position aufzugeben. Das wäre nicht cool und seinem jungmännlichen Macho-Charme abträglich.

Mein rechtes Bein liegt nun mit schwerem Druck an seinem linken Oberschenkel. Unsere Hüften pressen sich hart gegen einander, unsere Oberarme auch.

Der erste Schritt, der da heißt, den Kontrahenten in eine für ihn unangenehme Situation zu manövrieren, ist damit getan.

Eine so enge, fast schon intime körperliche Berührung mit einer völlig fremden Person ist für alle Menschen unangenehm. Jeder kennt das, jeder hat das schon einmal erlebt. Jeder normale Mensch würde sofort auf Abstand gehen, das hieße in diesem Fall, seine Beine einziehen und sich aufrecht hinsetzen.

Nicht so mein junger Freund. Pubertierende reagieren nicht normal. Das muss man wissen. Äußerlich lässt er sich nichts anmerken, scheint mich noch nicht einmal zur Kenntnis genommen zu haben. Sein Blick ist weiter auf sein Smartphone gerichtet, nur der Daumen verrät seine innere Anspannung. Er wischt hektischer als vorher über das Display.

Jetzt heißt es geduldig sein und abwarten, wie lange er das aushält. Ich möchte nicht in seiner Haut stecken. In ihm tobt jetzt ein Kampf darum, wie er mit der Situation umgehen soll, wie er sich, ohne sein Gesicht zu verlieren oder gar seinen männlichen Habitus aufzugeben, aus dieser Zwickmühle befreien kann. Um ihm die Entscheidung leichter zu machen, verstärke ich den Druck den meine Hüfte auf seine ausübt. Mein Oberkörper rückt ihm noch weiter auf den Pelz. Unsere Oberarme geraten dadurch in so engen Kontakt, dass es mir durch kleine ruckartige Bewegungen gelingt, seinen wischenden Daumen aus dem Takt zu bringen.

Noch gibt er nicht auf. Ich auch nicht, denn das Beste habe ich mir für den Schluss aufgehoben. Das wird ihn fertig machen!

Mit meinem rechten Bein drücke ich noch ein wenig fester gegen sein Knie und beginne mit kleinen Auf- und Abwärtsbewegungen seinen Oberschenkel zu liebkosen, schubbere mit meinem Schenkel an seinem Schenkel herum. Gleichzeitig beginne ich lautlos zu zählen: einundzwanzig, zweiundzwanzig...

Er hält es erstaunlich lange aus. Erst bei sechsundzwanzig kommt die Reaktion, der Rückzug, die Aufgabe, die Kapitulation. Er klappt die Beine zusammen, windet sich mühsam aus seiner Liegestellung und steht auf.

»Schwule Sau«, sagt er mutig, doch mit der leisen, matten Stimme des Verlierers und ohne mich anzuschauen. Dabei steigt er über meine Beine hinweg in den Gang hinaus und entschwindet in einem weit entfernten Teil des Wagons.

Ich blicke auf und ihm hinterher, dann auf mein Publikum. Wo bleibt mein Applaus? Soll ich aufstehen und mich verbeugen?

Doch dafür ist es bereits zu spät. Die meisten schauen schon wieder aus dem Fenster, auf ihr Mobiltelefon oder in ein Buch. Habe ich sie enttäuscht, weil ich mir den Lümmel nicht vorgenommen und ihm eine reingehauen habe?

Einige wenige beäugen mich misstrauisch. Ich sehe in ihre Gesichter und weiß was sie denken: Ist das wirklich ein Schwuler?

Dicht neben mir im Gang steht eine ältere Frau, bepackt mit zahlreichen Plastiktüten, die Beute ihres Einkaufsbummels in der Bonner Innenstadt. Sie steht da sicher schon seit der Abfahrt im Hauptbahnhof.

Ich lächele zu ihr hinauf und biete ihr mit galanter Handbewegung den frei gewordenen Fensterplatz an. Ihr verdrossenes, müdes Gesicht überzieht mit einem Schlag ein strahlendes, freundliches Lächeln.

»Das ist aber nett von ihnen! Vielen Dank!«, sagt sie mit viel Wärme in der Stimme.

Ich helfe ihr mit den Einkaufstüten, bis sie es sich auf dem Platz bequem gemacht hat.

»Ach, tut das gut!«, sagt sie und blickt mich glücklich an.

»Na, dann wollen wir es uns mal gemütlich machen«, sage ich und achte bei aller Gemütlichkeit darauf, nicht allzu breitbeinig da zu sitzen.

## Episode 3

Ein bisschen daneben, ziemlich komisch, aber auch liebenswert, ja, ja, so waren sie, früher, die wenigen, im ganzen Viertel bekannten, leicht verschrobenen Typen, von denen manche sogar zu kölschen Originalen geadelt wurden. Harmlose Sonderlinge, die mitunter für eine Menge Spaß sorgten. Doch heute?

Bilde ich mir das nur ein, oder laufen tatsächlich immer mehr Bekloppte auf der Straße herum?

Nein, ich meine keine Irren, keine gemeingefährlichen Hannibals zwischen schweigenden Normalbelämmerten, sondern eine steigende Anzahl von Leuten mit Schwierigkeiten, so im Kopf; Leute, die Verhaltensweisen an den Tag legen, die nicht folgerichtig, sondern schlichtweg dämlich sind.

Wenn ich zum Beispiel aus der U-Bahn aussteigen will, nehmen wir an, aus der Linie 16 in Richtung Rodenkirchen, Haltestelle Clodwigplatz, müsste folgerichtig der Mensch, der draußen vor der Tür steht, beiseite treten. Denn wenn er es nicht tut, kann ich nicht aussteigen und er nicht einsteigen. Folgerichtig stehen wir uns beide im Weg.

Die Alternative könnte so aussehen: Ich lasse ihn erst herein und steige dann aus. Schwierig wird dies nur, wenn hinter mir zwanzig weitere Fahrgäste drängeln, zwei tief gelegte Kinderwa-

gen mit Breitwandreifen mir die Hacken wund-
scheuern und das Vorderrad eines Tandems, das
schon durch etliche Hundehaufen gefahren ist,
meine Frisur zerzaust, da zwei Rucksack-
Pedalisten es über ihre Köpfe gehoben haben,
aus Angst, den Absprung aus der Bahn zu verpassen.

Folgerichtig sage ich zu dem Menschen auf
dem Bahnsteig, der schon einen Fuß auf das
Trittbrett gestellt hat (höflich): »Würden Sie mich
bitte erst aussteigen lassen?«

Seine Reaktion ist aber alles andere als folgerichtig. Dumpfbackig glotzt er zu mir hoch,
kratzt sich dort, wo er sein Gemächt vermutet,
grunzt irgendetwas in sein Mobiltelefon, aber
bewegt sich nicht von der Stelle. Da haben wir´s:
Wenn sich im Gehirn nichts bewegt, wie soll
dann der Körper gleiches tun?

Andere Dumpfbacken da draußen haben seinen Fuß auf dem Trittbrett bemerkt. In der nicht
folgerichtigen Annahme, er sei bereits beim
Einsteigen, versuchen sie es ihm nachzutun. Folgerichtig schließt ein Pulk von Leibern dicht auf
und will die Bahn entern.

Hinter mir wird es zunehmend unruhiger, es
drängelt, schiebt und schubst. Spitze Ellbogen,
harte Kniescheiben und vereinzelte, dicke Kin-
derschädel bohren sich in Weichteile und führen
zu ersten Protesten von Fahrgästen. Der Kinder-
wagen verbeißt sich fester in meine Waden. Das
Vorderrad des Tandems schlägt hart auf meinem
Kopf auf und bleibt, nach kurzem Auf- und Ab-
hüpfen, einfach dort liegen. Es reicht.

Folgerichtig etwas gereizter und nicht mehr
ganz so höflich sage ich noch einmal:

»Würden Sie mich bitte erst aussteigen lassen?«

Höhnisches Gelächter wäre jetzt vielleicht eine folgerichtige Reaktion gewesen, wäre die tumbe Masse sich dessen bewusst, was sie tut, und würde sie das ganze Spektakel als friedliches Gesellschaftsspiel auffassen, nur so aus reiner, purer Lebensfreude, um vielleicht etwas Abwechslung in den grauen Alltag zu bringen.

Aber nein, es sind nur die toten Augen von Köln, die mich anblicken. Zombieaugen! Das Hirn ist ausgeschaltet oder beim morgendlichen Stuhlgang versehentlich mit weggespült worden.

Es wird eng. Der Druck von hinten wird immer stärker.

Blitzschnell überlege ich, was zu tun ist. Zu allem Übel meldet sich jetzt auch noch meine Blase. Sie hatte schon bei Antritt der Fahrt Notsignale gesendet, sich dann aber still verhalten. Nun meldet sie sich zurück und fängt an zu drängeln. Als hätte ich nicht schon genug Gedrängel hinter und vor mir!

Ein gemeiner Gedanke beschleicht mich. Das müsste mir eigentlich Platz verschaffen! Ich schaue auf die stumpfen Gesichter herunter, meine rechte Hand löst sich vom Türrahmen, fährt hinab zum Reißverschluss der Hose, erfasst die metallene Öse, zieht...in dem Moment fällt mir zum Glück etwas Besseres ein.

Meine Hand ergreift blitzschnell das Mobiltelefon des dumpfbackigen Trittbrett-Okkupanten und reißt es ihm mit einem Ruck aus der Hand. Voller Genugtuung schleudere ich es weit über die Köpfe hinweg. Es macht einen eleganten Bogen durch die Luft, fällt scheppernd auf den Asphalt des Salierrings und wird von der darüber hinweg rollenden Blechlawine platt gewalzt.

Dumpfbacke schreit auf, wirft sich herum, damit er den Flug des Telefons verfolgen kann. Dann - endlich! - kommt Leben in die Bude. Er pflügt, rücksichtslos seine Arme und Fäuste benutzend, eine Gasse durch die Menge, um die Überreste seines Mobiltelefons vom faltigen Asphalt zu klauben.

Endlich eine folgerichtige Reaktion! Endlich kann ich aussteigen.

Zu Hause angekommen, wasche ich mir folgerichtig zuerst die nach Hundekot stinkenden Haare und massiere mir dann erst die schmerzenden Waden. Ich mag ein alter Sack sein, der denkt, früher wäre alles besser gewesen, doch es laufen heute wirklich mehr Bekloppte durch die Gegend.

Meine Empfehlung zur Überprüfung des Sachverhalts: ein mal täglich drei Runden um den Clodwigplatz in Köln laufen!

## Der alte Sack

 Es war ein denkwürdiger Tag: Der alte Sack kam, sah, entsetzte, dann empörte und schließlich verweigerte er sich. Obwohl er nichts Schlimmes, nichts Unanständiges, nichts Skandalöses und bestimmt nichts Neues sagte, empörte sich darauf hin das ganze Land. Aber nicht über die Zustände, die er anprangerte, sondern über ihn!

Der alte Sack genoss dies sichtlich. Sein Timing war perfekt: zur richtigen Zeit, am richtigen Ort, hatte er die richtigen Leuten da getroffen, wo es am meisten weh tut. Bei der Verleihung des Deutschen Fernsehpreises hatte er sie praktisch auf frischer Tat ertappt. Deshalb auch diese Aufregung, dieser Aufschrei, diese Heraufbeschwörung eines Skandals!

Dabei hatte der alte Sack nur mehr Niveau eingefordert. Eine Forderung, die die meisten von uns blind unterschreiben würden, angesichts der Widerwärtigkeiten, die uns zugemutet werden. Und er hatte sich geweigert, auf eine Stufe mit Leuten wie Dieter Bohlen, Hugo Ernst Balder und andere Dumpfbacken gestellt zu werden. Jeder Mensch mit Hirn und etwas Selbstachtung hätte es ihm gleich getan. Aber mit Nestbeschmutzern konnte das Deutsche Volk noch nie umgehen, obwohl es gerade die Nestbeschmutzer sind, die es immer wieder aus der Scheiße ziehen.

Die Kameramänner, tagtäglich dem Gezicke der Stars ausgesetzt, konnten sich endlich schadlos halten: es gelang ihnen einige der dämlichen Gesichter einzufangen, die der alte Sack angesprochen hatte. Ungläubige, gequälte, empörte, verzerrte Gesichter, denen das alberne Kameralächeln im Hals stecken geblieben war, entlarvte Gesichter, die sich für einen kurzen Moment nur allzu bewusst waren, zum Bodensatz der Niveaulosigkeit des deutschen Fernsehens zu gehören.

Die Ferres, die sich angestrengt und verbissen um ein Image als Charakterschauspielerin bemüht, einer Elisabeth Flickenschild aber nie das Wasser reichen wird, zeigte wenig Charakter, als es darum ging den alten Sack abzuwatschen. Das tat sie mitten in die Kamera hinein und outete sich somit selbst.

Stefan Raab, der ewig junge alte Sack, den nur Pubertierende lustig finden, weil sich ihr Gehirn noch im Entwicklungsstadium befindet, machte sich in seiner Sendung über den alten Sack und über das Bücherlesen gleich mit lustig.

Die platte Unterhaltung gehöre zum Fernsehen halt auch dazu, verteidigte sich ein vergrätzter Hugo Egon Balder, wobei er übersieht, dass sie längst zum Einheitsformat fast aller Fernsehanstalten geworden ist.

Andere Sackgesichter taten das, was man in Deutschland mit alten Säcken allgemein zu tun pflegt: Sie taten den alten Sack einfach als alten Sack ab. Der alte Sack wäre einfach schon zu alt. Der alte Sack wäre übermüdet gewesen. Der alte Sack leide an Altersdemenz. Der alte Sack wurde diffamiert, belächelt und mit Häme bedacht. Andere wiederum warfen ihm eitle Selbstdarstellung vor.

Natürlich ist der alte Sack auch ein eitler Sack. Wilhelm Buschs Monolog eines Sackes, der abgestellt dicht an ein Ährenfeld, sich in würdevolle Falten legt und anfängt eine Rede zu halten, scheint ihm auf den Leib geschrieben: denn ohne die Ähren wäre er halt nur ein leerer Schlauch – das ist das Los des Kritikers.

Eines ging aber bei dem ganzen empörten Getöse unter und das mit voller Absicht: Die Kernaussage des alten Sacks. Und an der ist nicht zu rütteln, egal, was für eine Motivation man dem alten Sack zu unterstellen mag. Die Niveaulosigkeit deutscher TV-Sender wurde nicht kommentiert, sonst wäre der eine oder die andere in gefährliches Fahrwasser geraten, hätte am Ende gar ziemlich nackt dagestanden.

Es ist klar, warum die ganze Mischpoke so verbissen darum kämpft, das Niveau auf dem Tiefstand zu belassen, wo es sich zur Zeit befindet. Nicht auszudenken, was passieren würde, wenn sich die Deutsche Fernsehnation geistig und intellektuell berappeln würde: die ganze eitel-selbstgefällige Klitsche wäre dann ja arbeitslos und zu einer Existenz außerhalb der Wahr-

nehmung einer zu moralischen Werten zurück-
gekehrten Gesellschaft verdammt.

»Guckt mal, die sind ja alle nackt!«

Im Märchen ›Des Kaisers neue Kleider‹ ist es
ein aufgewecktes Kind, das mit diesem Spruch
dem Publikum am Rande des roten Teppichs die
Augen öffnet. Da aber dunkle Medienmächte
unsere Jugend in ein tiefes Konsumkoma versetzt haben und es bei ihr mit der Aufgeweckt-
heit deshalb nicht weit her ist, muss halt doch
erst wieder ein alter Sack daher kommen und die
undankbare Aufgabe übernehmen, Mist als das
zu benennen, was es eben ist: Mist!

Danke, du alter Sack!

## Wir haben wieder Angst vor den Russen

Wir haben wieder Angst vor den Russen.
Wir haben Angst vor unseren Lebensmitteln.
Wir haben Angst vor Einwanderern und
Überfremdung.
Wir haben Angst vor Viren und Keimen im
Haushalt.
Wir haben Angst vor Terroristen und dem
Islam.
Wir haben Angst vor Atomkraftwerken und
Stromausfall.
Wir haben Angst vor Gift in der Kleidung
und Kleidermotten.
Wir haben Angst vor staatlicher
Überwachung.
Wir haben Angst vor ausländischen
Abhördiensten.
Wir haben Angst vor Klimaerwärmung.
Wir haben Angst vor Vogel-, Schweine- und
sonstwasfüreiner Grippe.
Wir haben Angst vor Aids, Ebola und
anderen Seuchen.
Wir haben Angst vor Arbeitslosigkeit.
Wir haben Angst vor Zecken.
Wir haben Angst vor Krebs.
Wir haben Angst vor Fahrradfahren
ohne Helm.
Wir haben Angst vor Drogen und Gewalt.
Wir haben Angst vor dem Tod.

Wir haben keine Angst vor Autofahren
ohne Tempolimit.
Wir haben keine Angst vor dem Verzehr
von Big Mac´s.

Wir haben keine Angst vor Coca-Cola und dem American Way Of Life.
Wir haben keine Angst vor der Benutzung eines Smart Phones.
Wir haben keine Angst vor persönlichen Offenbarungen auf Facebook.
Wir haben keine Angst vor immer billigeren Billigfliegern.
Wir haben keine Angst vor Pillen und der Weltgesundheitsorganisation.
Wir haben keine Angst vor unseren, nur auf Leistung gedrillten Kindern.
Wir haben keine Angst vor Manipulationen durch die Werbeindustrie.
Wir haben keine Angst vor Einkäufen bei Primark und H&M.
Wir haben keine Angst vor zu viel Wohlstand.
Wir haben keine Angst vor Massen-Tourismus auf Kreuzfahrtschiffen.
Wir haben keine Angst vor dem Konsumrausch.
Wir haben keine Angst vor Red Bull´s Extrem-Sport-Ideolgie.
Wir haben keine Angst vor Alkohol und Antibiotika.
Wir haben keine Angst vor niveaulosen TV-Formaten.
Wir haben keine Angst vor Verblödung.
Wir haben keine Angst vor uns selbst.

Wer die Hose voll hat, dem stinkt nichts anderes mehr!

## Schreckgestalten

Ein Volk, das blind
dem Jugendwahn verfällt,
in dem ein alter Mensch
fast nichts mehr zählt
und Jungsein für das Größte hält,
das hat sich selbst ein Bein gestellt.
Fortan bewertet es als Tugend
das Pubertätsgehabe seiner Jugend.
Zur Regel werden Eitelkeit,
Egomanie, Rücksichtslosigkeit,
Angeberei, Leichtsinnigkeit
und großmäulige Vermessenheit.

Kein Trend, auch dieser nicht,
ist je von Dauer.
Schon liegt die Wirtschaft auf der Lauer
und nimmt die Alten ins Visier
und irgendwann, dann fallen wir,
so deutet es sich längst schon an,
vom Jugend- hin zum Alterswahn.
Da wird, nachdem die Jungen abkassiert,
der alte Mensch zum Lustobjekt der Zeit
gekürt.

Vorbei ist dann, was galt als Tugend
in all den Jahren unter Diktatur der Jugend.
In Ehren werden fortan hoch gehalten
nur die senilen Dummheiten der Alten.
Zur Regel werden Bockigkeit,
Starrsinn und eitele Gefälligkeit,
borniere Selbstgerechtigkeit
und geifernde Boshaftigkeit.

Schon graust mir vor den ewig jungen Alten,
die erst mit Apothekern, Fitnesstrainern
und Chirurgen Händchen,
und dann mit Implantaten, Haartoupet
und Spritzen gegen Falten,
in deutschen Landen Hofstaat halten.

Bewahr uns Gott vor diesen Schreckgestalten!

# Zeitenwandel

Die alten Eltern sagten: »*Das Kind macht uns Ärger.*«
Die neuen Eltern sagen: »*Das Kind macht uns Angst.*«

Die alten Väter sagten: »*Solange du an meinem Tisch sitzt, machst du was ich dir sage!*«
Die neuen Väter sagen: »*Darf ich mich dazu setzen und mit dir reden?*«

Die alten Mütter sagten: »*Mein Kind soll es mal besser haben.*«
Die neuen Mütter sagen: »*Mein Kind soll jetzt schon alles haben.*«

Die alten Kinder sagten: »*Mit meinen Eltern kann man nicht reden.*«
Die neuen Kinder sagen: »*Mit meinen Eltern kann man nur reden.*«

Die alten Eltern sagten: »*Wenn wir alt sind, werden sich die Kinder um uns kümmern.*«
Die neuen Eltern sagen: »*Wenn wir alt sind, wollen wir den Kindern nicht zur Last fallen.*«

Die alten Alten sagten: »*Kommt ihr uns auch mal besuchen, im Pflegeheim?*«

Die neuen Alten sagen: »*Ihr könnt uns mal besuchen kommen. Mallorca ist ja nicht so weit*«

# Die Glücksfeen
## oder wie mir der Rock´n Roll in die Wiege gelegt wurde

## Prolog

»He, Bargel, so als Musiker, da lässt du doch sicher nichts anbrennen?«

Der neidische Unterton ist nicht zu überhören. Das gierige Glitzern in den Augen verrät mir, dass mein Gegenüber Bescheid weiß. Über mich.

Mein Gegenüber heißt Ecki. Er ist achtundfünfzig Jahre alt, Stammgast im ›Backes‹ in der Kölner Südstadt und hat auf alles eine Antwort, auch wenn man ihm keine Frage gestellt hat. Als nächstes kommt ein plumper, kumpelhafter Schlag auf die Schulter.

»Ja, ja, Sex, Drugs and Rock´n Roll, dat isses doch, nich wa, du geiler Motherfucker?«

Ecki kennt sich aus im Musikerjargon.

174

Das Wort ›Motherfucker‹ gehört für ihn scheinbar dazu. Es geht ihm leicht über die Lippen und soll ihm, so hofft er, den Nimbus abgebrühter Lässigkeit verleihen. Mit der Bezeichnung ›Motherfucker‹ unterstellt er mir, dass ich als Musiker nicht nur Vergnügen daran finde minderjährige Groupies zu vernaschen, sondern auch gleich deren Mütter.

Wie viele andere, schätzt Ecki den Stellenwert von Sex auf der Interessen-Skala des Musikers viel zu hoch ein. Denn bei der Fragestellung, mit wem er mehr Zeit verbringt, mit einer Frau oder mit seiner Gitarre, wird die Antwort in den meisten Fällen zu Gunsten des Instrumentes ausfallen.

Der Amateurpsychologe an der Theke möchte davon aber nichts hören. Unbeirrt doziert er weiter und erläutert den Umstehenden seine These, warum der ›olle Bargel‹ Musiker geworden ist.

»Is doch klar. Schau dir doch nur ma dat auf Taille jeschnittene Instrument mit dem ausladenden, beidseitigen Hüftschwung an, mit dem jeheimnisvollen, dunklen Schallloch und dem langen Gitarrenhals. Also, wenn dat man nich, also, dat ist ja dann wohl eindeutich! Un wenn dann der olle Bargel auch noch mit seinen Griffeln an diesem phalluminösem Hals so auf und abgleitet, machmal langsam, manchmal schneller, machmal regelrecht hektisch, ja extatisch, dann isses doch kein Wunder, dat die Damenschlüpfer von allen Seiten angeflogen kommen, die Mädels sich kreischend um abgebrochene Stuhlbeine winden und ihm die Tür zu seiner Back Stage Garderobe einrennen!«

Um es ein für alle Mal klar zu stellen: Mir ist nie ein Damenschlüpfer zugeflogen und ich weiß auch nicht, warum ich es für erstrebenswert halten soll, derart unappetitliche Exzesse durch meine Bühnenauftritte hervorzurufen. Und die einzigen, die in der Vergangenheit meine Garderobentür einrannten, waren mausgesichtige Gerichtsvollzieher und bullige Geldeintreiber.

Was Thekendozent Ecki jetzt von mir hören will, ist natürlich eine Bestätigung seiner mit Vorurteilen gespickten Ammenmärchen. Da Ecki aber ein Mensch ist, der nur schwer von einer einmal gefassten Meinung abzubringen ist und er an diesem Abend fast schon so viele Kölsch getrunken hat, wie er Jahre zählt, tue ich ihm den Gefallen. Ich erzähle ihm also ein Märchen und versuche möglichst viele Vorurteile mit einzuflechten, damit die Geschichte für ihn glaubhaft klingt. Je absurder sie ist, um so eher wird er sie schlucken. Das ist bei den meisten Menschen so.

## Das Märchen von den Glücksfeen

 Es war einmal ein Knabe. Der Knabe war ich. Wie es das Schicksal wollte, wurde das Leben dieses Knaben von Frauen bestimmt. Frauen waren es, die dafür verantwortlich zeichneten, dass aus ihm ein Musiker wurde, der sich an den satanischen Versen ungebildeter, vulgärer Neger aus Amerika orientieren sollte

und in der Gestalt eines Bluessängers stets bemüht war, alle Vorurteile zu bestätigen, die seit den 50er Jahren bis heute im Bürgertum ihre Gemeingültigkeit haben. Hemmungslos gab er sich der teuflischen Dreifaltigkeit von Sex, Drugs and Rock´n Roll hin. Zur Legende gehört auch, dass er schon im embryonalem Zustand bockig wurde und im Mutterleib heftig zu rocken begann.

Es war im Jahre des Herrn 1951, an einem düsteren, stürmischen, wolkenverhangenen Sonntagnachmittag als Vater plötzlich rief:

»Was ist das für ein Lärm?«

Zornig ließ er, auf der Suche nach der Quelle des Radaus, seine Augen durch das Wohnzimmer wandern. Meine Mutter, die auf der Couch lag, drückte sich schnell eines der drei in der Mitte sorgfältig geknickten Sofakissen auf den hochschwangeren Bauch. Mit mütterlicher Gelassenheit hatte sie sich längst damit abgefunden, dass ich ihre Bauchhöhle hin und wieder als Proberaum benutzte. Meine ersten musikalischen Gehversuche schienen ihr sogar zu gefallen, worauf Vater sich öfters veranlasst sah, sie anzufauchen, was sie da für ein schreckliches Zeugs vor sich hinsumme. Wo sie das nur her habe?

In einer späteren Biographie wird meine Mutter als meine erste Backround-Vocalistin aufgeführt. Dies entspricht nicht ganz der Wahrheit, da wir aber prächtig miteinander harmonierten, kann man es so stehen lassen.

Im Moment jedoch klapperte sie aufgeregt und hektisch mit den Stricknadeln, versuchte so die Geräusche in ihrem Bauch mit dem Geklicker der Nadeln zu übertönen. Doch Vater hatte schon eine halbe Flasche masurischen Kartoffelschnaps intus, der seine Sinne zu schärfen schien. Stumpf wurden sein Blick und Geist erst nach der zweiten Flasche.

Er machte einen schwankenden Schritt auf Mutter zu und versuchte ihr das Kissen vom Leib zu reißen. Zweimal griff er daneben, beim dritten Mal flog das Kissen in hohem Bogen durch das Wohnzimmer und warf die Flasche mit dem masurischen Kartoffelschnaps vom Beistelltisch. Und während sich der Inhalt glucksend auf dem handgewebten masurischen Teppich entlud, kniete mein Vater schon vor der Couch, riss das Kleid meiner Mutter bis hoch unter ihre schweren Brüste und presste das Ohr fest auf ihren nackten, prächtig gewölbten Bauch.

Einige Sekunden lang lauschte er verblüfft mit weit aufgerissenen Augen. Eine pralle, pulsierende Ader trat zwischen seinen Brauen hervor, ein Zeichen für sich anbahnenden Unmut. Was er hörte schien ihm nicht zu gefallen. Ärgerlich betrommelten seine Finger die straff gespannte Bauchdecke.

Mutter empfand das Getrommel als taktlos. Sie hatte recht. Rhythmisch hatte er nichts drauf, dennoch bemühte er sich in den kommenden Jahren, seinem heranwachsenden Sprössling als väterlicher Schlagzeuger den Rock´n Roll auszutreiben. Dabei bewies er sich als beinharter Knüppelschwinger, der mit sadistischer Wonne seine furiosen Soli auf meinem Hintern niederprasseln ließ.

»Lass den Jungen in Ruhe!«, rief Mutter dann immer. »Im Gegensatz zu dir, hat er nämlich das Zeugs, dass aus ihm mal was wird! Was kannst du denn schon? Schnaps brennen und dich mit deinen Kumpels volllaufen lassen, mehr ist doch bei dir nicht drin!«

Ich habe versprochen ein Märchen zu erzählen. Zugegeben, märchenhaft ist dies alles noch nicht. Märchenhaft war auch meine Geburt noch nicht. Doch gemach! Es wird schon werden.

Am Tag meiner Geburt geschah nun Folgendes: Ich geriet in die Hände einer Frau, die wie zuvor schon meine Mutter, bei mir einen nachhaltigen Eindruck hinterlassen sollte, mich aber durch eine Indiskretion, wenn auch ungewollt, der Häme meiner Mitmenschen aussetzte.

Heute bin ich ihr nicht mehr böse, denn der Vorfall hat mich für meine spätere Karriere stark gemacht.

»Aaaaah jaaaa, da kütt es ja, dat Liebschen! Aaaaah jaaaa, da kütt es ja, dat Liebschen!«

Mit diesem fröhlichen Singsang als Willkommensgruß empfing mich die Hebamme, da ich endlich, nach heftiger Gegenwehr, den Kopf in die Welt hinausstreckte. Eine Melodie, die sich mir tief einprägte und die in meinen Eigenkompositionen immer wieder auftauchen, mir aber nie einen Hit im Kölner Karneval bescheren sollte.

Die kölsche Hebamme packte mich an den Füßen und hielt meinen blutverschmierten, schrumpeligen Körper wie eine Trophäe, mit dem Kopf nach unten, hoch über ihre aufgeblähte Dauerwelle hinaus. Dabei beäugte sie, wobei sie es dicht vor ihre Nase hielt, mit offenem Mund mein Geschlecht. Nach eingehender Betrachtung rief sie lauthals:

»Ein Junge! Aber er hat nur einen Hoden!«

Es war ein heißer Sommertag, alle Fenster standen offen und die Nachricht flog schnurstracks in die Welt hinaus.

So sorgte mein erster öffentlicher Auftritt in der erzkatholischen, wie auch puritanisch-protestantischen Nachbarschaft, für einem unseligen Sex-Skandal, der sich schnell herum sprach und in dessen Folge ich als Sonderling verschrien, von allen gemieden, verlacht und gehänselt wurde.

Die frühe Ablehnung, auf die ich schon als Kind stieß, förderte mein Einzelgängertum. Jahre danach führte sie zum Image des verwegenen Outlaws, dem eine unwiderstehliche, erotische Ausstrahlung auf das weibliche Geschlecht nachgesagt wurde.

Zwangsläufig kam es zu weiteren Skandalen, die sich nicht nur glänzend auf meine Karriere auswirkten, sondern mir auch die weiblichen Fans in Scharen zulaufen ließen.

Zum Höhepunkt der Massenhysterie kam es, nachdem ein Boulevardblatt mich als ›eineiigen Lüstling mit der heißen Gitarre‹ auf die Titelseite gesetzt hatte.

Zur Strafe dafür, dass ich, kaum auf der Welt, meine Eltern in Grund und Boden blamiert hatte, schlug mir die Hebamme mehrmals heftig auf den Rücken. Unter ihrer derben Misshandlung und dem Takt ihrer Schläge, schrie ich meinen ersten Blues in die Welt hinaus.

> »It´s a mean old world,
> I got treated so bad,
> and all, because I got ,
> just one ball between my legs«

Nach ein paar Tagen legte sich die Aufregung und der Strom sensationshungriger Besucher, die das eineiige Kind aus nächster Nähe begutachten wollten, ebbte langsam ab. Der Alltag kehrte zurück. Ich nuckelte still an Mutters Brust und Vater nuckelte an seinem masurischen Kartoffelschnaps, enttäuscht darüber, dass Mutter ihm verboten hatte, Eintrittsgelder zu verlangen.

Doch mit der Ruhe war es bald vorbei. Die Taufe stand an. Eine große Feier wurde vorbereitet, Einladungen an die Verwandtschaft verschickt. Da die Onkels alle im Krieg gefallen waren, zählte diese nur noch sieben betagte, tuttelige Tanten und einen hundertjährigen Opa, väterlicherseits.

Opa habe ich leider nicht mehr kennen gelernt. Er wurde auch nicht eingeladen. Wie ich später erfuhr, übte er sich zur Zeit meiner Taufe in einem heruntergekommenen Pflegeheim eines kleinen Städtchens, irgendwo zwischen den Gewässern der masurischen Seenplatte, im Bettpfannenwerfen nach dem weiblichen Pflegepersonal und nervte die gestressten Schwestern mit obszönem, zotigem Handpuppenspiel, das er, wie ein Blöder kichernd, hinter ihrem Rücken mit seinen knotigen, rheumatischen Finger aufzuführen pflegte, bis sie ihn in eine Zwangsjacke steckten und das sabbernde Lästermaul mit einem zuvor in masurischen Kartoffelschnaps getauchten Babyschnuller stopften, an dem er dann bis zu seinem Lebensende glücklich und zufrieden nuckelte.

Opa war auch Musiker gewesen, erzählte man mir. Er hatte sich auf den ländlichen masurischen Hochzeiten einen recht zweifelhaften Ruf als fidelnder Zigeuner erworben, der jeder Frau, einschließlich der Braut, mit seinem fidelen Fidelbogen zu imponieren gedachte. Vater meinte sogar, bösartig wie er war, ich schlüge seinem verdammten Alten in jeder Hinsicht nach.

Nun, der große Tag der Taufe war gekommen. Nach den kirchlichen Feierlichkeiten, die Weihrauch, Andacht, Predigt und Taufbecken mit einschlossen, war die Familie wieder ins Haus zurückgekehrt.

Ehe zum großen Schmaus- und Trinkgelage geläutet wurde, bestand Vater auf dem alten, masurischen Brauch, der vorsah, dass dem frisch von der Erbsünde gereinigten Knaben Wünsche überbracht und Geschenke dargereicht wurden. Dabei ging es eigentlich um Geldzuwendungen für die Ausbildung des Sohnes oder die Mitgift der Tochter.

Um Vaters Drängen auf Einhaltung des Rituals zu verstehen, muss man wissen, dass er, nachdem er Mutter aus Polen verschleppt und zur Heirat gezwungen hatte, gegen Kriegsende seine masurische Heimat wegen dem Vormarsch der russischen Armee verlassen musste und in den Westen geflohen war.

Wie der Herrgott es so wollte, verschlug es ihn nach Köln und hier baute er seine wirtschaftliche Existenz, wie schon zuvor im fernen Masurenland, auf schwarzgebrannten, masurischen Kartoffelschnaps auf. Da er und seine Kumpels aus der Nachbarschaft aber die einzigen Abnehmer waren, brauchte er stets frisches Kapital, um das bankrotte Unternehmen wieder aufzupäppeln.

Hintereinander schlichen sich nun die betagten, tutteligen Tanten ins Zimmer. Vier davon mütterlicherseits, alles heißblütige Polinnen, die wie Mutter auch, aus dem schönen Städtchen Krakau stammten. Nach dem Krieg hatten sie Polen verlassen, in Hamburg eine Bleibe gefunden und sich zusammengetan, um im Rotlichtmilieu entlang der Reeperbahn ein Dutzend junge polnische Prostituierte an der langen Leine laufen zu lassen.

Die übrigen drei tutteligen Tanten kamen aus Vaters Familie und wie er, aus dem fernen Masurenland, in dem nicht nur die Uhren schon immer anders tickten als in der übrigen Welt, sondern auch die Menschen. Mutter fand immer, sie tickten nicht richtig. Wenn ich an die Tanten, an Vater und an die Geschichten von Opa denke, neige ich dazu, Mutter zu glauben.

Die handgeschnitzte masurische Wiege, ein klobiges hölzernes Monstrum, stand mitten im Schlafzimmer meiner Eltern. Mutter hatte sich links, Vater rechts davon postiert und beide machten feierliche Gesichter.

Als erste der Hamburger Fraktion, betrat Tante Eva das Zimmer. Sie muss in jungen Jahren hübsch und sündig wie die biblische Eva selbst gewesen sein. Auf der Reeperbahn war ihr Ersteres jedoch abhanden gekommen, denn jetzt sah sie nur noch sündhaft und verlebt aus. Dennoch ist sie eine Seele von Mensch gewesen und ich bin ihr bis heute für den Wunsch dankbar, den sie mir mit auf meinen Lebensweg gab. Sie beugte sich zu mir herab und  sagte:

»Mögest du, mein Knäbelein, von jeglicher Pubertätsakne verschont bleiben.«

Tante Eva wusste, zu welchen immensen psychischen Schäden ein pickeliges Gesicht bei einem sensiblen, pubertierenden Knaben führen kann. Dank ihrem Wunsch hatte ich mit Pickeln nie Probleme. Noch dankbarer wäre ich gewesen, wenn sie Plagegeister wie Fußpilz, Nagelfäule und Schuppenflechte mit in ihren Wunsch eingeschlossen hätte. Einiges wäre mir erspart geblieben.

Tante Eva holte ein dickes Bündel blauer D-Markscheine hervor, entnahm ihm fünf Banknoten und verstreute sie über der Wiege. Ich hörte, wie Vater schwer zu atmen begann.

Die nächste Glücksfee, die hereindackelte, war Tante Olga. Sie war überaus beleibt, kurzatmig und schnaufte wie das alte Dampfschiff, das in Krakau am Fuße des Wavelschlosses zweimal am Tag fährerweise die Wavel überquert. Tante Olga holte tief Luft und sagte:

»Möge dir, du armer Knabe, ein zweiter Hoden wachsen!«

Auch sie legte fünf blaue Scheine in die Wiege. Dann blickte sie Vater streng an, deutete mit dürrem Zeigefinger auf die Stelle zwischen meinen Beinen und zischte durch ihre breiten Goldzähne: »Für die Operation, Boris - nicht für Schnaps!«

Vater zuckte zusammen als habe sie seine Gedanken erraten.

Natürlich hat er ein paar Monate darauf das ganze Geld in masurischen Kartoffelschnaps investiert, aber wie sich später herausstellte, war eine Operation auch gar nicht nötig. Unser Hausarzt fand durch bloßes Betasten heraus, dass mein zweiter Hoden noch irgendwo in meinem Unterleib steckte. Dem eiförmigen Knubbel-chen war nur der Weg in den Auffangbeutel zu weit gewesen.

Ein faules Ei also, witzelte der Hausarzt auf meine Kosten, versicherte aber meiner Mutter, einer Erektion und meiner Zeugungsfähigkeit stünde nichts im Wege. Sie solle sich da mal keine Sorgen machen.

Die dritte im Bunde, Tante Vera, kam herein. Der liebe Herrgott hatte sie, wahrscheinlich aus Versehen, mit stämmigen Schneidezähnen aus-gestattet, die weit über das Untergebiss hervor-standen und sie an einer deutlichen Aussprache hinderten. Ihr Genuschel begleitete ein dichter Sprühregen, der ihrem mir zugedachten Wunsch etwas Feuchtschlüpfriges verlieh.

»Möge dieser Knabe stets der Weiber Lust genügen!«

Das war typisch Tante Vera. Schon 1893 war sie der polnischen Suffragettenbewegung beige-treten und hatte als streitbare Aktivistin an vor-derster Front mitgekämpft. Doch verlor sie dabei, und das muss man ihr zu Gute halten, nie den Humor. Anstatt mir der Weiber Lustbarkeit zu gönnen, vermachte sie, dass meine zukünftige Männlichkeit dem Lustgewinn ihrer Ge-schlechtsgenossinnen zu dienen hätte.

Die alte Emanze kicherte wie ein Teenager und stupste beim Verlassen des Raumes, nach-dem sie ihren Obolus entrichtet hatte, die letzte des Hamburger Vierergespanns ins Schlafzim-mer.

Tante Ina stolperte, wie immer mit einer qualmenden Papyrossi im Mundwinkel, an die Wiege und krallte sich mit ihren messerscharfen,

viel zu langen und dunkelrot gefärbten Finger-
nägeln in den Rand des hölzernen Ungetüms.
Ihre von einem fürchterlichen, bronchialen Ka-
tarrh zerpflügte Stimme war so leise, dass man
sie kaum hören konnte. Heiser und kurzatmig
röchelte sie mir ihren Segen in die Wiege.

»Möge dieser Knabe gegenüber masurischem
Kartoffelschnaps auf immer gefeit sein!«

Sie drehte sich zu Vater um, zog an ihrer Papyrossi, räusperte sich schwer, überlegte es sich
anders und drückte dann doch lieber Mutter die
fünf Scheine in die Hand. Mit einem Ausdruck
höchster Zufriedenheit im Gesicht paffte und
hustete sie sich ihren Weg zurück aus dem Zimmer.

Eigentlich hätte Tante Ina sich diesen
Wunsch ersparen können. Aber woher sollte sie
auch wissen, dass ich masurischen Kartoffelschnaps nie anzurühren, geschweige denn zu
trinken trachtete. Selbst unter grausamster Folter
hätte ich mich diesem ekeligen Gesöff verwei-
gert.

Dafür sprach ich jeder Menge anderer Alko-
holika zu, bis ich schließlich einsehen musste,
dass weder ich, noch die Frauen, die nach durch-
zechter Nacht in meinem Bett aufwachten, dadurch geistreicher, geschweige denn hübscher
wurden.

Jetzt waren die drei masurischen Weiber väterlicherseits an der Reihe. Die alten Mädels hatten sich entschlossen ihren Weg an meine Wiege
als masurisches Hexen-Triumvirat anzutreten.

Die Arme untergehakt, in dunkle, wallende,
lange Gewänder gehüllt, die Häupter mit Kopf-
tüchern aus grobem, filzigen Leinen bedeckt,

standen sie da und wiegten ihre massigen Leiber im Rhythmus synkopischer Zwietracht. Dann begannen sie ein altes masurisches Volkslied zu intonieren, dass vom neckischen Versteckspielen masurischer Liebespaare beim Rübenvereinzeln auf den weiten masurischen Äckern handelte.

Völkerkundler haben beobachtet, dass der an hohen Tonfrequenzen reiche Gesang masurischer Landweiber auch dann zum Einsatz kommt, wenn es darum geht, die gefräßigen masurischen Saatkrähen von der frischen Aussaat fernzuhalten. Auch bei der Vertreibung des Kartoffelkäfers von den ostpreußischen Äckern, oder der Bekämpfung des Borkenkäfers in den masurischen Wäldern, konnten die feudalen Gutsherren auf die fatale Wirkung sangesfreudiger Landmatronen setzen, die jedem Schädling den Garaus machte.

Dies war aber nicht die Musik, die mir vorschwebte. Ich schrie und brüllte den drei masurischen Grazien aus Leibeskräften meine Enttäuschung entgegen. Die drei Walküren verstummten abrupt und verstimmt. Ihr Segen oder auch Fluch, wie immer man es nennen wollte, fiel dementsprechend dünn aus.

»Kein Glück und
auch kein Segen
auf deinen krummen Wegen,
nur Dummheit,
kaum Verstand,
sei auch mit dabei.«

Anstatt Geldscheinen streute jede der drei Racheengel einen Beutel mit masurischen Heilpflanzen über mir aus: Brennnessel, Knoblauch und die gemeine Stinkmorchel. Dann verließen sie erhobenen Hauptes die Stube. Vater fluchte lauthals hinter ihnen her. Mutter nahm mich auf den Arm und gab mir die Brust, was sehr tröstlich war.

Plötzlich dröhnte ein lautes Hämmern durch die Stuben. Mutter erschrak und ich entglitt beinahe ihren Händen. Heftige Schläge an der Haustüre verrieten, dass ein weiterer Gast angekommen war. Vater schaute Mutter misstrauisch an.

»Hast du sonst noch jemanden eingeladen?«

Mutter schüttelte den Kopf.

»Niemand mehr!«, sagte sie. »Es sei denn, du hast...«

Weiter kam sie nicht. Vielstimmiges Gekreische der sieben tutteligen Tanten ließ sie verstummen. Jemand musste die Tür geöffnet und dem schlagkräftigen Fremdling Einlass gewährt haben.

»Wo sind sie? Wo ist der Balg?«

Unvermittelt sprang die Schlafzimmertüre auf und ein langer, dünner Schatten zeichnete sich im Gegenlicht der Wohnzimmerbeleuchtung im Türrahmen ab.

»Aaaah, daaaa seid ihr!«, kreischte der Schatten.

Mutter hatte mich in die Wiege plumpsen lassen, direkt auf Vaters Kopf, der damit beschäftigt gewesen war, die dort verstreuten Geldscheine von den masurischen Heilkräutern zu trennen.

Eine beklemmende Stille senkte sich über den Raum.

Endlich öffnete Mutter den Mund und hauchte: »Wer, um Gottes Willen, ist...?«

»Mein Gott, es ist Tante Sweta!«, knurrte Vater. »Ich hatte sie völlig vergessen!«

»Du hast sie vergessen? Vergessen einzuladen?«, fragte ihn Mutter und ihre Stimme bebte vor unterdrücktem Zorn.

»Ja, ich hab sie glatt vergessen. Die alte Fuchtel ist doch eh völlig...«

»Du hast mir nie gesagt, dass da noch so eine grässliche Schwester von dir herumgeistert. Jetzt sieh auch zu, wie du mit ihr fertig wirst.«

Mutter warf ihm einen vernichtenden Blick zu und wollte gehen, doch das Tantchen schwang ihren Gehstock und versperrte ihr damit den Weg.

»Duuuuu bleibst gefälligst hier!«

Da Tante Sweta sich nun dicht vor meinen Eltern aufgebaut hatte, enthüllte das Licht der Stehlampe in der Zimmerecke ihre erschreckende Gestalt.

Tante Sweta war dünner als das Demonstrationsskelett im Hörsaal eines Anatomieprofessors. Die funkelnden Augen lagen tief in ihren Höhlen und sie hatte mehr Damenbart auf Oberlippe und Kinn, als sittsam erschien. Auf ihrem totenkopfähnlichen, haarlosen Schädel thronte ein riesiger, schwarzer Cowboyhut. Der Oberkörper war in ein knapp sitzendes, rotes Hemd mit blitzenden Nietenknöpfen gehüllt.

Der Rest, mitsamt den dürren, endlos langen O-Beinen, steckte in hauteng geschnittenen, schwarzen Jeans. Dazu trug sie ausgelatschte Krokodilleder-Cowboystiefel mit silbernen Metallkappen auf den Schuhspitzen.

Das beste aber war ihr schwarzer Gehstock. Anstatt einem Knauf verzierte ihn ein makaber grinsender Totenkopf, der meine Eltern aus großen Diamantenaugen böse anfunkelte.

Vater erholte sich als erster von dem Schock. »Ich hatte nicht erzählt, dass Tante Sweta schon vor Kriegsbeginn nach Amerika ausgewandert ist, oder?«, winselte er.

Mutter blickte starr geradeaus und biss sich die Unterlippe wund.

»Sie wohnt jetzt in Memphis«, sagte er und da sich keiner dazu äußerte, sah er sich gemüßigt in die Totenstille noch das Wort »Tennessee« fallen zu lassen.

Tante Sweta knallte die Spitze ihres Voodoo-Stabes drei mal hart auf den hölzernen Dielenboden, so dass alle zusammenzuckten und sich fragten, wo sie plötzlich den Revolver her habe, denn einen solchen, das wusste man immerhin schon, trugen die Cowboys im fernen Amerika stets bei sich.

»Alle verlassen das Zimmer, auf der Stelle! Ich möchte mit dem Jungen allein sein!«, herrschte Tante Sweta die hinter ihr zusammengeduckte, tuttelige Tantenschar an.

Ihr barscher Ton beeindruckte selbst die abgebrühte polnische Reeperbahn-Fraktion.

Nach kurzer, interner Diskussion überließen sie Tante Sweta das Terrain und folgten den längst schon in wilder Panik davon gestobenen masurischen Landweibern in die Küche.

Vater zupfte Mutter vorsichtig am Ärmel.

»Es wäre besser, wenn wir auch...«

»Keinen Schritt weiche ich!«, reagierte Mutter heftig.

Vater seufzte und unternahm noch einen halbherzigen Versuch. Doch vergeblich.

»Geh´ du nur, du feiger masurischer Stallhase, verschwinde!«

Vater zog den Kopf ein. Er hoppelte, schneller als ein masurischer Stallrammler es je hätte tun können, aus dem Zimmer.

Jetzt standen sich die beiden Frauen gegenüber. Auge in Auge, die Zähne entblößt, jede Muskelfaser zum Zerreißen angespannt. Es fehlten nur die Colts, eine heiße Mittagssonne, ein räudiger Hund, der durch den Staub hechelt, das Film-Duell wäre perfekt gewesen. Plötzlich ließ Tante Sweta den Knotenstock fallen, brach in ein höllisches Gelächter aus und breitete beide Arme weit auseinander.

»Du polnische Hure! Was bist du doch für ein Prachtweib! Komm, lass dich drücken!«

Mutter muss wohl ziemlich entgeistert drein geschaut haben. Tante Sweta jedoch zog sie an ihre hartknochige Brust und die innige Umarmung einer masurischen, mit allen amerikanischen Wassern gewaschenen Tante, machte jede Gegenwehr sinnlos. Was folgte, war eine der herzigsten Versöhnungen der Nachkriegsgeschichte. Danach traten beide Frauen an meine Wiege.

»Nun denn, so will auch ich dem Buben etwas wünschen und mit auf den Weg geben!«, sagte das Tantchen schließlich.

Sie öffnete ihre Handtasche, eine umfunktionierte abgewetzte Satteltasche aus grobem Leder und entnahm ihr ein dichtgewebtes, schwarzes Leibchen. »Du musst es ihm überziehen, bevor ich meinen Wunsch ausspreche.«

Mutter zog erstaunt die Augenbrauen in die Höhe, streifte mir aber das seltsame Textil über.

»Das ist ein T-Shirt, so nennt man das in Amerika«, erklärte Tante Sweta.

»Da steht ja etwas drauf geschrieben!«, wunderte Mutter sich und begann mühsam, die aus vielen winzigen, bunt glitzernden Pailletten zusammengesetzten Schriftzeichen zu entziffern.

»R..Ro...Rock...n...Ro...Roll...f...for...ev...ver«, stammelte sie.

»Was soll das denn heißen? Doch hoffentlich nichts Unanständiges?«

Statt einer Antwort, grinste Tante Sweta verschmitzt, hob beide Arme gen Zimmerdecke und deklamierte voller Inbrunst und in fast schon religiöser Verzückung:

»Oh, großer Chuck Berry, der du in naher Zukunft deinen Feldzug gegen den Mief des Kleinbürgertums mit deinem heiligen Rock´n Roll beginnen wirst, der du die Jugend in Ekstase und die Eltern in Rage versetzen wirst, der du das Feuer des Rock´n Roll schwärzer und heißer lodern lassen wirst, als Elvis, Jerry Lee Lewis, Bill Haley zusammen, du, den sie als Kinderschänder und verdammten Nigger bezeichnen werden, oh, du großer Chuck Berry, schau herab auf diesen Knaben und bitte, verderbe ihn zutiefst mit deinem Rock´n Roll, pflanze ein in ihm die Musik des Teufels, säe in seine Lenden den Rhythmus der höllischen Rock´n Roll-Heerscharen, auf dass er fortschreite auf den glorreichen, sündigen Pfaden, die ihn eines Tages in die Rock´n Roll Hall Of Fame in Memphis führen mögen«

Tante Sweta kramte in ihrer Satteltasche.

Sie zog eine kleine runde schwarze Scheibe hervor.

»Das ist ja eine Schallplatte!«, rief Mutter. »Was ist es? Etwa ein masurisches Wiegenlied? Die schmeiß ich sofort in den Mülleimer!«

»Unterstehe dich!«, entsetzte sich Tante Sweta. »Diese Scheibe, sage ich dir, wird 1955, also erst in vier Jahren, Chuck Berry´s erster Hit werden. Der Song wird die Hitparaden stürmen, da bin ich mir sicher. Heute ist Chuck noch Pförtner bei einem Radiosender, aber ich habe von ihm diese Aufnahme bekommen, die er vor ein paar Wochen in seiner Küche aufgenommen hat. Er wollte wissen, was ich davon halte, ob ich sie gut finde. Ich ließ dann in einem kleinen Tonstudio, dem 'Sun Studio' in Memphis, eine Privatpressung anfertigen. Es existiert also nur diese einzige Schallplatte und dein Junge wird der erste auf der Welt sein, der sie zu hören bekommt. Der Song heißt übrigens ›Maybellene‹!«

Mutter war sich nicht bewusst, welch einem historischen Augenblick der Rock´n Roll-Geschichte sie beiwohnte. Sonst hätte sie bestimmt anders reagiert.

So zuckte sie nur mit den Achseln, sagte: »Na, meinetwegen, wenn es sein muss« und versteckte die heiße Scheibe unter meiner Matratze.

»Wir werden sie uns anhören, wenn Boris wieder bei seinen Kumpanen ist und sich vollaufen lässt. Das wird, so schätze ich, nicht lange dauern. In weniger als einer Stunde werden ihn die tutteligen Tanten vergrault haben«, sagte Mutter trocken.

Beide Frauen streichelten mir noch einmal über den Kopf.

Tante Sweta flüsterte leise »Rock´n Roll for ever, Junge!«, dann löschte Mutter das Licht. Arm in Arm verließen beide das Schlafzimmer.

Kaum hatte sich die Türe geschlossen, glomm ein Leuchten an der Zimmerdecke auf.

In dem darauffolgenden Schein einer rotglühenden Sonne, erschien ein schwarzes Gesicht, die Zähne entblößten sich zu einem breiten Grinsen und plötzlich öffnete sich der Mund und sprach zu mir:

»Hey, little Richard, listen, one of these days you sure will hate me for this, but I`m afraid, I can´t help it. If I don´t make you a Rock´n Roll musician, Miss Sweta is goin to kill me for sure. I better do, what she´s askin´ fo! Oh man, she can be a real pain in the ass!«

*Jugendfreie Übersetzung: »Hallo, kleiner Richard, hör zu, eines Tages wirst du mich vielleicht dafür hassen, aber ich fürchte, ich kann es nicht ändern. Wenn ich dich nicht zu einem Rock´n Roll Musiker mache, macht mich Miss Sweta fertig, darauf kannst du Gift nehmen. Es ist also besser, ich tue, was sie sagt. Oh Mann, die kann einem echt das Leben schwer machen.«*

Das Gesicht verschwand so schnell wie es gekommen war, das Glimmen an der Zimmerdecke erlosch und ich starrte noch eine Weile empor, wartete darauf, das Gesicht noch einmal zu sehen.

Es war dies das erste und letzte Mal, dass ich Chuck Berry jemals zu Gesicht bekam.

Sein Versprechen hat er eingehalten und Tante Swetas Wunsch, oder auch Fluch, wie Vater ihn später bezeichnete und dem ich öfters als mir lieb war, beipflichten musste, ging in Erfüllung.

Und damit endet das Märchen, das von dem Tag erzählte, als der Rock´n Roll mir in die Wiege gelegt wurde.

Ich gab ihm die besten Jahre meines Lebens und hat er es mir gedankt?

Als masurischer Volksmusikant hätte ich sicher mehr Erfolg gehabt, aber wer weiß das schon.

## Epilog

Ecki bestellt eine Runde Kölsch für uns beide und ebenso schnell hat er beide Gläser ausgetrunken, da er weiß, dass ich nicht mehr trinke.

»Echt geil!«, sagt Ecki. »Aber die Geschichte mit Chuck Berry am Schluss nehme ich dir nicht ab! Da haste sicher ein bisschen was geflunkert. Gib´s zu, du oller Motherfucker!«

»Zugegeben. Ich habe ihn später doch noch einmal gesehen, bei einem Live-Konzert in Düsseldorf«, sage ich. »Der Rest ist die Wahrheit und nichts als die Wahrheit.«

Ecki nickt und stiert vor sich hin.

Für eine Weile ist er nicht ansprechbar. Jetzt bin ich mir sicher, dass er die Geschichte weiter erzählen wird.

Er fängt schon an, sie mit seinen eigenen Phantasien und Wunschvorstellungen auszuschmücken.

Soll er.

Bis zum Ende der Woche wird nicht meine, sondern seine Version der Geschichte die ganze Südstadt kennen und am Ende des Monats ganz Köln und am Ende des Jahres die ganze Welt.

So werden Legenden geboren.

Und was gibt es Schöneres, als schon zu Lebzeiten eine Legende zu sein?

Morgen werde ich das Märchen aufschreiben. So wie ich es Ecki erzählt habe. Damit ich später noch weiß, was seine Dichtung und was meine Wahrheit ist.

# Gerüchteküche

Es brodelt und es köchelt in der
Gerüchteküche.
Dafür sorgen die 5-Därme-Köche
Hans Blätterwald, Mattes Mattscheibe,
Peter Politiker und Katharina Kirche.
Sie spucken kräftig in die Hände,
doch öfter in die Pfannen und Töpfe.
So ziehen aus der Volkskantinenküche
wieder faulige Gerüchte übers Land.

Was heute uns serviert wird?
Das, was jeden Tag auf den Tisch kommt:
Geschmackloses Zeugs und Unverdauliches!
Die 5-Därme-Köche bieten uns ein täglich
wechselndes Menü-Angebot:

Montag:
*Platitüden mit Einheitsbrei und völligem Kohl*

Dienstag:
*Dumme Sprüche aus krausen Salatköpfen*

Mittwoch:
*Üble Nachrede auf krankem Hirn*

Donnerstag:
*Mit Schmalz überbackene Königshofintrigen*

Freitag:
*Gesellschaftsklatsch von Stinkmorcheln*

Samstag:
Fäkalflambierte Schweinezoten

Sonntag:
*In den Mund gelegte Zitate im Lügenbeet*

Menü-Auswahl an Feiertagen:
*a) Phrasendrescher Würstchen mit vergurkten Thesen*
*b) Parolengewäsch auf blutrünstigen Hetztiraden*
*c) Braun überbackener Wirrsingsang auf bayeri sche Art*

Hors d'oeuvre:
*Abgeschmackter Tratsch auf Schenkelklopferart*

Dessert:
*Verquarkte Maulheldenklöße in Kleingeistsoße*

## Hoffnung

»Dürfen es diesmal ein paar Gramm mehr
sein?«, fragt die alte weise Frau Zukunft, die
ich um ein bisschen Hoffnung gebeten habe.

Gebannt verfolgen meine Augen, wie sie eine
dicke Scheibe abschneidet und auf die
Waagschale legt.

Dem Verhungern nahe, nicke ich heftig mit
dem Kopf.

»Ja bitte!«, antworte ich schnell, bevor sie es
sich vielleicht anders überlegt.


## Der alter Narr

Das junge Mädchen lächelt ihn an.
Der alte Mann lächelt zurück

Dankbar, voller Freude und plötzlich, noch
einmal voller Hoffnung, taumelt sein Herz.

Da erblickt er hinter sich den jungen Mann.
Der junge Mann lächelt ihn nicht an.

Er lächelt an ihm vorbei.
Das junge Mädchen lächelt zurück.

›Du alter Narr!‹ schilt er sich selbst
und senkt den roten Kopf.

## Über Versagensängste beim Rollentausch

 Klopapierrollen-halter sind ein Phäno-men.

So simpel ihre Mechanik ist, sie scheint viele Menschen zu überfordern. Dies trifft vor allen Dingen auf die Herren der Schöpfung zu. Wie anders lässt es sich erklären, dass sich die allerwenigsten Männer an die Aufgabe heran trauen, die diese Geräte ihnen stellen:

Das Einlegen einer Klopapierrolle.

Erstaunen würde es mich dennoch nicht, wenn es gerade ein Mann gewesen ist, der sich diesen kleinen, doch sehr effektiven Apparat ausgedacht hat.

Warum aber scheinen dann gerade die Männer mit der Bedienung des überschaubaren Mechanismus an ihre Grenzen zu stoßen? Denkbar ist, dass selbst der Erfinder gar nicht mehr wusste, was er da erfunden hatte. Vielleicht hat er die hochkomplizierte Konstruktion, die nur ein zufälliges Produkt seiner Spiellaune gewesen sein mag, hinterher in ihrem Aufbau geistig gar nicht mehr nachvollziehen können.

Weil ihm nicht einfiel, wozu es gut sein sollte, schenkte er es dann seiner Frau. Die hat sich das Ding von allen Seiten angeguckt und gedacht: ›Ha, da häng ich halt ne Klopapierrolle dran!‹. Frauen sind ja so praktisch veranlagt!

Seitdem gehört es zu den Aufgaben der Hausfrau, der Putzfrau, der Ehefrau und der Frau im Allgemeinen, das Gerät zu bedienen und für unser täglich Klopapier zu sorgen.

Derweil die Männer beim Anblick eines Klopapierrollenhalters, in dem eine leer gezupfte Klopapierrolle steckt, von schrecklichen Versagensängsten geplagt werden. Die Baumarkthelden der Nation kapitulieren vor einem Gerät, dass selbst ein Neandertaler sich hätte ausdenken und bedienen können.

Batterien auswechseln, platte Reifen auswechseln, Glühbirnen auswechseln, Partnerinnen auswechseln, all das können sie. Nur Klopapierrollen auswechseln können sie nicht.

Nun muss man sich fragen, warum scheitern Männer gerade an diesem Gerät? Wovor haben sie Angst? Warum zupfen sie, um sich nach verrichteter Notdurft zu säubern, das benötigte Papier nicht vom Klopapierrollenhalter, sondern halten die Rolle dabei lieber in der einen Hand, oder wie ein kleines Kind auf dem Schoß, während die andere irgendwo da unten rumwischt?

Wie unbequem ist denn das! Man sollte annehmen, für so eine reinliche Aufgabe hätte man lieber beide Hände frei! Selbst dann ist es noch vertrackt genug, den Ort zu erreichen, der nach einer gründlichen Säuberung verlangt!

Nachdem sich die Herren die Hosen dann wieder hochgezogen haben, wird die Klopapierrolle natürlich nicht in den leeren Klopapierrollenhalter eingesetzt, sondern sie wird irgendwo auf der Wasserspülung oder dem Kachelboden stehen gelassen.

Oft rollt sie dann, weil sie dem männlichen Schuhwerk im Wege stand, in irgendeine Badezimmerecke, wo Frau sie dann wieder aufheben kann. Hygienisch ist das nicht.

Beliebt ist auch der Stapelbau auf der Wasserspülung mit Klopapierrollen von unterschiedlichem Umfang.

Die oft zu beobachtende Ansammlung mehrerer, in Benutzung befindlicher Klopapierrollen, ist nur die logische Folge einer Verhaltensgestörtheit, deren Ursachen bei einigen Männern in der tief sitzenden Angst liegt, das letzte Blatt zu erwischen. Das würde ja zu einer Konfrontation mit dem Klorollenhalter zwecks Rollentausch führen, dessen Mechanismus, wie schon gesagt, das männliche Gehirn schlichtweg zu überfordern scheint.

Bei anderen wiederum - und ich schätze, bei den meisten – liegt es an reiner Bequemlichkeit.

So liefert uns das männliche Geschlecht ein Paradoxon, über das die Herren einmal nachdenken sollten:

Aus reiner Bequemlichkeit wird der Säuberungsvorgang so unbequem, wie möglich gestaltet: Wer sich die Hände beim Abwischen nicht frei hält, sondern in der einen Hand unbedingt noch eine Klopapierrolle balancieren muss, sie auf den Knien wiegt oder sich gerne den Arm ausrenkt, weil er die Rolle lieber vom Stapel auf der Wasserspülung holt, der muss sich die Frage stellen lassen, wie kompliziert eigentlich sein Gehirn arbeitet.

Gerechterweise muss konstatiert werden, dass es eine erkleckliche Anzahl von Frauen gibt, die den Männern in dieser Angelegenheit in nichts nachstehen.

Sei es aus Unfähigkeit, Überforderung oder Bequemlichkeit, eine leere Klopapierrolle in einem Klopapierrollenhalter durch eine neue auszutauschen, mag ein weltweites, aber sicher kein weltbewegendes Problem zu sein.

Dennoch ist es ein Ärgerliches.

Vielleicht sollten wir es wieder so halten, wie die alten Römer.

Die saßen auf öffentlichen Toiletten in fröhlicher Runde zusammen und schaufelten sich zur Säuberung aus einer Rinne mit der Hand Wasser unter den Hintern. Dabei plauderten sie über Politik, Tagesgeschäfte, Sportereignisse, Häusle bauen und die Frauen.

So plädiere ich für jedes Haus, sei es Mietshaus oder Einfamilienhaus, und für alle öffentlichen Plätze, wieder gemeinsame Toiletten nach römischen Vorbild einzurichten.

Dies würde das soziale Zusammenleben fördern, das in den letzten Jahren unter der Individualisierung und einer staatlich geförderten Egomanie so gelitten hat.

Anstatt in den Kneipen, säßen dann die Männer im Klo zusammen, vielleicht mit einem Flatbildschirm an der Wand, der Bundesligaspiele überträgt.

Die Frauen könnten dort klatschen und tratschen oder eine Tupperwareparty veranstalten.

Die Gesellschaft würde wieder enger zusammen-
rücken und zu einem friedlichen Miteinander
finden. Wir könnten eine Menge Papier einsparen und das käme wiederum dem Waldbestand
zu Gute.

Nicht zuletzt wäre das Problem der Klopapierrollenhalter mit einem Schlag vom Tisch gewischt.

Was für eine schöne Utopie!

## Der Heimtrainer

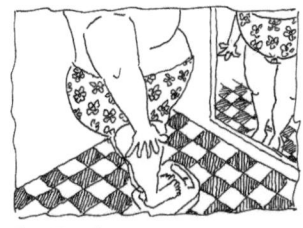 Seit ihrem Urlaub, waren zwei weitere Monate ins Land gegangen. Sie nahm ihren ganzen Mut zusammen und wagte sich endlich wieder auf die Badezimmerwaage.

Sie hatte ehrlich versucht ihr Gewicht zu halten, doch nun gelang es ihr nur mit großer Mühe, auf der schmalen, leicht ovalen Plattform, dasselbe mit ihrem Gleichgewicht zu tun.

Es war die Wölbung ihres Bauches, die ihr hartnäckig die Sicht auf die Gewichtsanzeige versperrte und bei dem Versuch, das Hindernis zu überwinden, verlor sie immer wieder die Balance.

Endlich schaffte sie es, sich auf der Waage zu halten. Ungläubig starrte sie auf das Display.

»Mein Gott, Herbert!«, rief sie aufgebracht. »Ich habe schon wieder zugenommen!«

»Vielleicht solltest du mal wieder öfter auf deinen Heimtrainer steigen«, nuschelte er an der

Zahnbürste vorbei, derweil ihm der Zahnpastaschaum über das Kinn lief.

»Pass auf, du tropfst!«, ermahnte sie ihn energisch. »Wir haben doch gar keinen Heimtrainer! Wie meinst du das?«

Er drehte sich zu ihr um, grinste blöd und schaute ihr tief und lange in die Augen.

Verwirrt starrte sie zurück. Dann wanderte ihr Blick zu seinem sabbernden Mund, aus dem der Schaum in dicken Strömen hervorquoll und über das Kinn an seinem Hals herunter zu laufen begann.

»Mein Gott, Herbert...«, sagte sie mitleidig, verdrehte die Augen und flüchtete schnell aus dem Badezimmer.

## Im 5 Sterne Hotel

Taxifahrer, Kofferträger,
Fahrstuhlführer, Türesteher
Handtuchwechsler, Bücklingsdiener
Nachtportiers und Tischservierer,
Haus- und Hof-Fotografierer,
Zimmermädchen, Cocktailträger,
Vondenaugenwunschableser,
Pagen, Liftboys und Verwalter
Scharen voller Handaufhalter,
die bewusst im Wege stehen,
hinter oder vor mir gehen
und nicht von der Seite weichen,
ständig etwas nehmen, reichen,
streng mein Trinkgeld anvisieren
und nach kleinen Münzen gieren!

Schon schlägt Stress mir auf den Magen
Kleingeld stets parat zu tragen,
herrschen hier doch raue Sitten,
wer nicht zahlt, wird nur gelitten
und gewöhne mir jetzt an,
(was anscheinend jeder kann),
Münzgeld, kiloweise mitzuschleppen,
für alle Deppen, die mich neppen.

Muss jeden Schritt ich neu erkaufen,
nur um durchs Hotel zu laufen?
Muss ich mich mit den Pagen plagen
damit sie mir den Koffer tragen?
Muss jemand mir die Tür aufreißen,
weil ich zu blöd bin, das zu leisten?

Die Wahrheit ist doch, kleinste Sachen,

darf ich partout nicht selber machen,
sonst wäre, wenn ich´s selbst gemacht,
ein Bückling um sein Geld gebracht.

Fünf Sterne hin, fünf Sterne her
Das nervt mich alles viel zu sehr!
Wie freue ich mich heute schon
auf meine kleine Landpension,
mit einer Wirtin rund und feist,
die mich, der ich so weit gereist,
an ihren warmen Busen drückt
und sagt: »Herr Bargel, ach, ich bin
entzückt!«

## Billigflieger

Von der Wiege bis zur Bahre
verliert der Mensch so manche Haare.
Erst eins, dann zwei, dann weicht die Matte,
was bleibt ist spiegelglatte Schädelplatte,
auf der nichts wächst, als Schuppenflechte.
Doch einen gibt´s, der fordert Landerechte!

Nicht Ryan Air, nicht German Wings,
der dicke Brummer ist´s, der oben links
am Fenster Warteschleifen zieht
und dann den kahlen Kopf anfliegt.
Du duckst dich weg, erschreckt vom Knall,
der fette Flieger fliegt mit Überschall!

Jetzt nur nicht all zu lang gewartet,
bevor das Mistvieh neuen Angriff startet.
Den Filzstift her, nur einen Satz,
blitzschnell geschrieben auf die Glatz,
zur Warnung breit und quer darüber:
›Kein Landerecht für Billigflieger!‹

Da dreht er ab, der dicke Brommer,
fliegt raus zum Fenster in den Sommer.
Verschwindet dann vom dem Radar,
vielleicht mit Kurs auf Mallorca
und nimmt bestimmt sich dort vor Ort
beim Rückflug Billigflieger mit an Bord.

## Gestern Bagdad, heute Beirut, morgen Gaza und übermorgen wieder Bagdad

 Das Fernsehen lebt von Wiederholungen, sagen die Leute. Das Leben scheint es dem Fernsehen gleich machen zu wollen. Auch Geschichte wiederholt sich, sagen die Historiker.

Deshalb ist der folgende Artikel, den ich im April 2003 geschrieben habe, heute noch genau so aktuell, wie damals.

»Guten Morgen meine Damen und Herren. Die Nachrichten. Auch heute Nacht wieder schwere Bombenangriffe auf Bagdad. Die US-Truppen stoßen trotz heftigen Widerstandes weiter auf Bagdad vor. Im Süden immer noch schwere Gefechte um Basra. Wir schalten jetzt zuerst um, zu unserem Korrespondenten in der irakischen Hauptstadt. Hallo Richard Armbeuger, hören Sie mich?«

»Ja, ich höre Sie gut und deutlich!«

Es ist der siebte Tag im heiligen Kreuzzug Amerikas gegen das Böse. Das Böse heißt Sadam Hussein, das Gute heißt George Bush. So viel Schwarzweiß hatten wir seit den fünfziger Jahren nicht mehr.

Die Fernsehbilder aber bleiben bunt. Die Bilder über den Irak-Krieg dagegen sind grün und dunkel - oder grau, wenn es sich um Aufnahmen aus dem Cockpit der Bomber handelt. Die Zeiten farbenfroher Kriegsberichterstattung à la Vietnam sind längst vorbei.

Vorbei sind wohl auch die Zeiten, da wir täglich mit neuen Nachrichten versorgt werden. Seit einer Woche schon bringt das Fernsehen eine Wiederholung der Nachrichtensendung vom ersten Tag.

Was ist da los? Muss gespart werden?

Jedenfalls scheint die Sprecherin allabendlich vom gleichen Text abzulesen. Ihr sind schon seit den ersten beiden Kriegstagen die Fragen ausgegangen. Seitdem stellt sie Herrn Armbeuger ständig die eine, das heißt, dieselbe Frage, von der sie glaubt, darauf die dramatischste Antwort zu erhalten.

»Wir haben gehört, dass es in der vergangenen Nacht wieder schwere Bombenangriffe auf Bagdad gegeben hat. Können Sie mir sagen, wie Sie die Nacht empfunden haben?«

Er beantwortet die Frage nicht, sondern gibt Auskünfte, die er schon am Tag zuvor gegeben hat und die ihre Dramatik längst eingebüßt haben: Riesige Rauchpilze haben wir gesehen. Schwere Detonationen haben wir gehört. Wir wissen nicht, was getroffen wurde. Aber es könnte dies und das sein. Hier und da. Vor und dahinter. Drum und herum. Von seinen Empfindungen erzählt er nichts.

»Was wissen Sie über die Verluste in der Zivilbevölkerung, die Anzahl der Verletzten und Verwundeten?«, fragt die Sprecherin.

»Darüber gibt es keine gesicherten Informationen«, sagt Herr Armbeuger.

Gesicherte Informationen gibt es schon seit Tagen nicht mehr und somit sagt er uns nichts Neues. Er fragt die Sprecherin auch nicht, ob sie ihm den Unterschied zwischen Verletzten und Verwundeten erklären kann. Schon seit Wochen hockt er dort oben auf dem Dach des Hotels in dem die internationalen Journalisten untergebracht sind und kann wegen des Bombardements keinen Schritt vor die Türe machen. Wie soll er da etwas wissen? Trotzdem muss er jeden Tag vor die Kamera. Der Sender bezahlt ihn schließlich dafür. Bei jeder Live-Schaltung muss er reden, auf Teufel komm raus, ob er etwas zu sagen hat oder auch nicht!

Er kann nichts dafür. Es ist sein Job. Er gehört zu jenen Bedauernswerten, die etwas liefern müssen, was sie oft nicht haben, nicht haben können: Nachrichten, die es wert sind verkündet zu werden.

Das Schicksal teilt er mit hunderten von anderen Journalisten aus der ganzen Welt. Jeden Tag, zur besten Sendezeit, verschießen sie in wenigen Minuten ebenso viele leere Worthülsen, wie Patronenhülsen der amerikanischen und britischen Soldaten das blutgetränkte Land bedecken.

Den Journalisten folgt der bigotte Tross der Spezialisten und Experten, eine Herde blökender Schafe, die in Scharen in die Fernsehstudios getrieben werden. Sie sind die Füllmasse für die Sondersendungen, halbstündige Berichterstattungen, die den Nachrichten unnötiger Weise angehängt werden und für ärgerliche Verschiebungen im Programmablauf verantwortlich sind.

In den hastig zusammengeschusterten Sendungen, stottert sich der verantwortliche Redakteur im Studio durch Ton- und Bildausfälle. Das lückenhafte Wissen muss noch einmal von allen Seiten beleuchtet werden und damit die Lücken nicht so auffallen, werden Experten gebeten, sie zu füllen. In minutenlangen Großeinstellungen dürfen sie ihrer Eitelkeit genüge tun und Fachkompetenz ausstrahlen. Mit behäbiger Arroganz der eine und aufgeregter Beflissenheit der andere, analysieren, bewerten und kommentieren sie um die Wette.

Was zurück bleibt, sind Gerüchte, Mutmaßungen, Halbwahrheiten und Trugschlüsse, auf denen ausgiebig herum gekaut wird, medial verbreitetes Knabberzeugs für den Couchtisch, das so viel Wahrheit und Wissen enthält, wie die Polsterfüllung des Fernsehsofas wertvolle Nährstoff hat.

Die heutige Sondersendung zeigt Herrn Armbeuger wieder auf dem Dach des Hotels in Bagdad. Er zieht auf einmal den Kopf ein. Dumpf hört man eine Detonation.

»Uuuh«, sagt er, »ich glaube es geht wieder los. Ja, ich höre Flugzeuge. Und vielleicht können Sie es sehen. Da! Das Artilleriefeuer der irakischen Luftabwehrgeschütze!«

Wieder ist eine dumpfe Detonation zu hören.

»Uhuu«, sagt auch der Journalist wieder.

»Ich glaube, ich geh jetzt besser in Deckung.«

Er wirft noch einen langen, besorgten Blick in die Kamera, dann hüpft er aus dem Bild.

Unser Mann im Studio ist mit den Gedanken schon woanders. Während er in seinen Manuskriptblättern verwirrt nach dem nächsten Beitrag sucht, ruft er ohne aufzusehen dem Korrespondenten noch schnell hinterher: »Ja, das tun Sie jetzt besser mal. Wir melden uns später wieder«

Das ist Dramatik pur! Ein hüpfender Journalist! Ein verwirrter Redakteur! Das wollten die Fernsehzuschauer schon immer sehen.

Ich will das nicht sehen. Was ich sehen will, bekomme ich nicht zu sehen. Angst zum Beispiel oder ein bisschen Demut.

Die einzige Angst, die ich in all den tausenden von zensierten Fernsehbildern seit Beginn des Krieges gesehen habe, war die Angst in den Augen der von irakischen Milizen ersten gefangenen US-Soldaten. Da war sie, die Angst, die uns so ein Krieg machen sollte: Todesangst!

Angst und Demut haben nichts mit Schwäche oder Unterwürfigkeit zu tun. Angst soll uns davor bewahren, in eine Gefahr zu laufen und darin umzukommen. So hat es sich die Natur einmal klug ausgedacht.

Demut soll uns davor bewahren, Größenwahnsinnig zu werden und an unserer eigenen Selbstüberschätzung zu Grunde zu gehen.

*Ich* habe Angst. Angst vor diesem verrückt gewordenen Präsidenten, Angst vor den überheblichen und aalglatten Beratern und Maßstabsgenerälen. Angst vor dem Krieg und seinen Folgen. Angst vor den Kreuzrittern und fanatischen Glaubenskämpfern beider Seiten. Angst vor dem Heer traumatisierter Kinder, das aus den Trümmern der Städte steigen wird. Angst vor den psychisch geschädigten und seelisch verkrüppelten Menschen, die dieser Krieg hervorbringen wird. Angst vor den Leidtragenden militärischer Aggression, die ihren Hass und ihre Gewaltbereitschaft an ihre Kinder weitergeben werden. Angst vor diesem mörderischen Kreislauf, der so nie durchbrochen wird.

Angst davor, dass diese Erde zu einem Kotzbrocken wird, auf dem es sich nicht mehr lohnt zu leben, geschweige denn zu sterben.

Ich werde heute eine Kerze aufstellen und Gott bitten uns zu befreien. Bitte, lieber Gott, werde ich sagen, gib uns den Mut wieder demütig zu sein.

Demut. Dieses Wort hat in unserer Welt anscheinend keinen Platz mehr.

Der altmodische Begriff verrottet in irgendwelchen Lexika und findet höchstens noch im Umkreis der Kirche in der Beziehung des Gläubigen zu Gott Erwähnung.

Demut könnte die Welt noch retten.

Demut vor dem Leben zum Beispiel.

Oder auch vor dem Tod.

Vor dem Wissen, dass wir eigentlich ein Scheißdreck sind im auseinanderdriftenden Universum, von dem wir nicht einmal wissen, wohin es driftet, wie lange es noch driftet und ob es irgendwann einmal an seine Grenzen driftet, wenn es denn welche hat.

Demut kann zum Beispiel heißen: *Ich weiß, dass ich nichts weiß.*

Keiner will dies mehr zugeben!

Nicht der fanatische Präsident, der sagen könnte: »*Ich weiß, das ich nicht weiß, ob ich von Gott auserwählt wurde diesen Krieg zu führen.*«

Nicht seine Berater, die sagen könnten: »*Wir wissen, dass wir nicht wissen, ob die amerikanischen Werte und Errungenschaften wirklich zum Besten aller Menschen auf dieser Erde sind.*«

Nicht die Generäle, die sagen könnten: »*Wir wissen, dass wir nicht wissen, ob unsere strategischen Hightech-Waffen menschlicher sind, als die Keulen unserer Vorfahren.*«

Nicht die Soldaten, die sagen könnten: »*Wir wissen, dass wir nicht wissen, ob wir wirklich für eine gerechte Sache kämpfen.*«

Nicht die sogenannten ›*Enbedded Journalists*‹, Kriegsberichterstatter von Gottes Gnaden, die sagen könnten: »*Wir wissen, dass wir nicht wissen, was und wie viel man uns hier wissen lässt.*«

Nicht die Experten, Fachleute und Kommentatoren im Fernsehen, die sagen könnten: »*Wir wissen, dass wir keinen blassen Schimmer haben, also berichten wir definitiv nur über das, was wir wirklich wissen.*«

Doch da wir trotz gegenteiliger, handfester und wissenschaftlich belegter Beweise immer noch glauben, das Zentrum des Universums zu sein, um das sich alles dreht, wird das wohl nichts mit der Demut.

Da hätte die Erde auch weiter eine Scheibe bleiben können.

## Die Schleimspur

Auf der langen Durststrecke holte
mich die Frustschnecke ein.

Schlich sich hinterrücks heran
und fragte hämisch grinsend:

»Weiter bist du noch nicht?«

Dann zog sie mit einem Affenzahn
an mir vorbei!

Ich kann euch sagen,
da passte ich aber höllisch auf
nicht auf die breite Schleimspur zu geraten!

## Blaupause eines Kleinstadt-Casanovas

Wird der Alltag mir zu grau,
färb´ ich mir die Haare blau.
Und statt ´nem Blaumann, zieh ich lieber,
ein Kostüm aus Seide über.
Verwandele dann mein Wohnmobil
in einen Kunstsalon für´s Musenspiel.
Dort trete ich als Blaubart auf,
der reihenweise und zuhauf
verführt hat blaublütige Damen,
mit ›von‹ und ›zu‹ in ihrem Namen.

Die Eintrittskarten sind nicht billig,
doch meine Damen zahlen willig!
Hab ich sie erst betört galant
mit Poesie aus meiner Dichterhand,
führt meines Bartes leuchtend Blau,
bei ihnen schnell zu einem Hitzestau!

Erst hecheln sie, dann schwächeln sie,
gar neckisch mit den Fächern fächeln sie!
Ja, schau, nur, schau, schon sinken sie
erregt auf blaubestrumpfte Knie!
Und dann, zum Klange frecher Lieder,
öffnen sie voll Lust die engen Mieder
und nach all dem langen Vorgeplänkel,
endlich auch die strammen Schenkel!

Derweil fließt reichlich Curacau,
hochprozentig und von tiefem Blau,
entfacht er ihre Lust, sie brennt wie Zunder,
und so erleben sie ihr blaues Wunder,
hinter blaubespanntem Paravent,
in meinem kleinen Kunstsalon.

In der Früh, zur blauen Stunde,
entrinnt ein Seufzer ihrem Munde:
»Oh Blaubart, Blaubart, es ist wahr,
ob Haupt-, Brust- oder Scham, dein Haar,
so blaumeliert ist es schon wunderbar!
Dein Blaumann aber, oh mon dieu,
c´est vraiment un miracle bleu!«

Am nächsten Tag kann man mich sehen
im Blaumann hin zur Arbeit gehen.
Vielleicht wird man sie nie entdecken,
in deren Leiber noch die Messer stecken.
Das Wohnmobil, ich schloss es ab,
steht jetzt auf einem Massengrab.

# Kum loss mer fiere!

## Vorwort

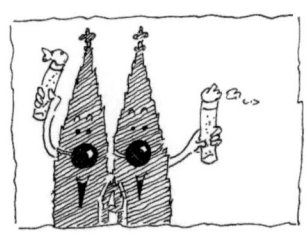 Es mag sechs, viel-
leicht sieben Jahre her
sein, als mein Telefon
klingelte und ich den
Literatur- und Kultur-
wissenschaftler Uwe
Zagratzki am Apparat
hatte. Er bat mich um meine Beteilung an einem
Buchprojekt, bei dem es um eine Bestandsauf-
nahme der Bluesmusik und der Bluesszene in
Deutschland gehen sollte, unter Berücksichti-
gung der Entwicklungsgeschichte auch in den
östlichen Bundesländern.

Konkret wollte er von mir einen Aufsatz über
die Kölner Bluesszene und deren Geschichte geschrieben haben.

Ich war damals sehr beschäftigt. Musik-,
Theater- und andere Projekte forderten mich
stark. Für eine schriftstellerische Arbeit, die viel
Zeit für aufwendige Recherche in Anspruch
nehmen würde, schien kein Platz mehr zu sein.

So lehnte ich mit Bedauern ab.

Doch so leicht und schnell ließ sich Dr. phil. habil. Zagratzki nicht abwimmeln. Er erwies mir die Ehre, seinen galanten Verführungs- und Überredungskünsten lauschen zu dürfen.

Am Ende hatte er mich da, wo er mich haben wollte, auf seiner Seite, beziehungsweise auf der Liste der Autoren, die das Buch mit ihrem Beiträgen füllen sollten.

Erschienen ist das Buch dann im Jahre 2010 im Lumpeter Verlag/Eutin. Herausgeber sind oben erwähnter Dr. Uwe Zagratzki und Dr. Winfried Siebers von der Universität Osnabrück, unter Mitarbeit des ostdeutschen Konzertagenten Volker Abold.

Das Buch trägt den Titel ›Das blaue Wunder‹ und enthält sogar zwei längere Aufsätze aus meiner Autorenhand.

Neben dem Beitrag über die Kölner Bluesszene und die Situation der Bluesmusik in Köln, findet der werte Leser darin einen weiteren Artikel über die Geschichte der mittlerweile legendären Veranstaltungsreihe ›Talkin´Blues‹, die ich in den Jahren 1992 bis 2000 in Köln veranstaltet habe.

Für das vorliegende Buch habe ich den Artikel über den Blues in Köln gekürzt, ein wenig verändert, neues hinzugefügt und mich dabei auf das Wesentliche konzentriert.

Das Wesentliche heißt:
Kölner kennen keinen Blues!

## Kum loss mer fiere nit lamentiere!

 Feiern, nicht klagen, lautet das Motto der Kölner. Wer hier den Blues sucht, muss schon bis tief in die Kanalisation der Kulturszene abtauchen. Von der Öffentlichkeit und den Medien abgeschirmt, vegetieren im dunklen Untergrund, so munkelt man, noch einige bleiche, rattengesichtige Bluesmusiker, die sich von dem ernähren, was die geförderte Kulturszene bereits vom Kulturetat sich einverleibt, verdaut und schließlich ausgeschieden hat.

Der Blues gilt als altmodisch und in Köln erst recht. Längst haftet ihm das mitleidig belächelte Altbackene der in den sechziger und siebziger Jahren so erfolgreichen Dixieland-Musik an. Einst zahlreich wie die Kölner Heinzelmännchen, teilten die Dixieland-Musiker am Ende auch deren Schicksal. Eines Tages waren sie einfach nicht mehr da. In einem Kölner Altstadtlokal, dem ›Streckstrumpf‹, hat man den wenigen Überlebenden eine letzte Zufluchtstätte gewährt. Dort stören sie nicht und außer einer handvoll Touristen hört und sieht sie dort keiner.

Blues und Köln passen einfach nicht zusammen. Seit Einzug des Eventzeitalters und der Spaßgesellschaft pflegt die Stadt ihr Image als Hochburg des rheinischen Humors noch verbissener als zuvor. Das sorgsam gepflegte Gute-Laune-Image soll der Welt weismachen, dass die knapp eine Millionen Einwohner mental immer

›gut drauf‹ sind. Tatsächlich kann die Stadt mit ihrer Werbekampagne einen Erfolg verbuchen: Die Mentalität der Kölner wird heute weltweit geschätzt und gepriesen. ›Gut drauf‹ sind sie, sagt man, das ganze Jahr über und nicht nur an den närrischen Tagen.

Erst recht ›gut drauf‹ sind sie, wenn der Kölsche Karneval seinen Höhepunkt erreicht. Dann explodiert die gute Laune und ergießt sich als praller, orgiastischer Rosenmontagszug durch die Straßen der Stadt. Am Tag darauf bebt und zuckt die gute Laune noch ein bisschen nach, bis sie am Aschermittwoch abgeschlafft an den Tresen Kölscher Kneipen hängt und der närrische Spuk sich ausgespu(c)kt hat. Ja, und dann hat der Kölner tatsächlich den Blues.

Nun ist aber der Aschermittwoch-Blues der einzige Blues, den der Kölner hat. Und damit das so bleibt, hat er das Motto heraus gegeben: *Kumm loss mer fiere, nit lamentiere*, womit er meint: Das ganze Jahr über ist Karneval! Außer am Aschermittwoch natürlich.

Wer jetzt denkt, wenigstens dann, am traurigsten aller Tage, dem Aschermittwoch, säße der Kölner zu Hause und heult sich die Augen aus, hat weit gefehlt. Da sitzt er lieber schon am Mittag beim traditionellen Aschermittwoch-Fischessen mit Gleichgesinnten in der Kneipe und ertränkt seinen Kummer in Selbstgebrautem, dem Kölsch. Am Abend muss er dann früh zu Bett, denn der Fisch im Kölschteich blubbert angesäuselt im Magen und am nächsten Tag soll es ja, dem närrischen Motto getreu, schon wieder weiter gehen mit dem Gute-Laune-Spaß. Bluesmusiker, als lamentierende Jammerlappen verschrien, passen da wenig ins Bild, dass der Kölner von sich hat. Sie passen ihm weder ins Konzept, noch zum Geschäft. Den ganzen Karneval veranstaltet der Kölner ja nicht nur zum Spaß. Damit verdient er sein Geld und da hört der Spaß naturgemäß auf.

Köln ist mächtig stolz darauf, nicht nur die Hochburg des Karnevals zu sein, sondern auch die Partystadt der Republik. Umfragen von Lifestyle-Magazinen bestätigen dies. Wo kann man am besten feiern? In Kölle am Ring! Und mit ›am Ring‹ ist diesmal nicht der geschichtsträchtige Strom gemeint, sondern der ballermannträchtige Straßenzug, der sich um die ehemalige stolze Stadtmauer windet, von der aber nur noch ein paar Stadttore übrig sind.

›Auf'm Ring‹ findet das Partyherzchen die angesagten Clubs, Kinos, Fresslokale, Ecstasy und alles andere, was es so braucht, um sich ins Spaßdelirium zu verabschieden. Dementsprechend geistig verabschiedet hat sich auch ein Teil des Publikums, das diese Spaßmeile frequentiert. Dementsprechend aggressiv geht es zu und kommt es immer wieder zu schlagkräftigen Auseinandersetzungen, sobald es etwas zu feiern gibt.

›Auf'm Ring‹ fand in den 90er Jahren, zu Zeiten der Pop-Komm-Messe, ein Musikspektakel statt, dass die Kölner, mit ihrem anrührendem Hang zum Größenwahn, gerne als das größte Rock-Pop-Festival der Welt bezeichneten: ›Das Ringfest‹.

Mit dem Ringfest begann in Köln das Event-Zeitalter. Hunderttausende kamen in die Stadt und bescherten den Kämmerern volle Kassen. Mit vollen Kassen gingen auch die Medien, die Musikindustrie und deren Stars nach Hause. Hunderte von Musikern und Bands aber, denen man erlaubte, sich im Rahmenprogramm um die Stars herum auf den zahlreichen Bühnen zu tummeln, spielten dagegen für einen Appel und Ei, voller Hoffnung beachtet und entdeckt zu werden. Sie spielten sich den Allerwertesten ab, während die Massen unbeeindruckt an ihnen vorbei zogen, hin zu den Stars und Sternchen auf den Hauptbühnen. Am Ende des Tages packte so manch ein Musiker nicht nur frustriert seine sieben Sachen ein, sondern nahm auch die Erkenntnis mit, dass er weder beachtet noch entdeckt worden war. Auf die Idee, nur als Füllmasse gedient zu haben, damit das Prädikat ›weltgrößtes Rockfestival‹ hoch über die Domspitzen gehalten werden konnte, kamen nur wenige.

Ein herber Rückschlag traf die Kölner, als sich die Pop-Komm nach Berlin auf und davon machte. Damit ging auch dem Ringfest die heiße ›Quantität statt Qualität‹-Luft aus. Bluesmusiker suchte man übrigens auf den Ringfesten vergebens. Bleibt die logische Folgerung: Selbst als Füllmasse scheinen Bluesmusiker in Köln nichts zu taugen.

Mittlerweile jagt in Köln ein Groß – und Kleinevent das nächste. Die Stadt ist im Event-Rausch. Und da es in Köln, siehe Ringfest, nie eine Nummer kleiner geht, wurde die ›lit.cologne‹ jetzt zum ›weltgrößten Literaturfestival‹ ausgerufen. Daneben verblassen fast alle weiteren Events, wie das Großfeuerwerk ›Kölner Lichter‹, der ›Köln Marathon‹, der ›Christopher Street Day‹, das ›Kölner Sommerkulturfestival‹

und das ›RundumKöln–Radrennen‹. Um nur einige zu nennen.

Etwas kleiner reihen sich da ›Musik in den Häusern der Stadt‹, ›Literatur in den Häusern der Stadt‹ und schließlich die unvermeidlichen ›langen Nächte‹ der Museen, Theater und Musik-Klubs in den Eventreigen ein.

Nur allzu gerne hätten sich die Stadtoberen die Einnahmen einer ›Love Parade‹ für das chronisch schlaffe Stadtsäckel gewünscht. Gottlob ist der Umzug der Behämmerten an Köln vorbeigedröhnt und hat schließlich in Duisburg sein unrühmliches Ende gefunden.

Da bleiben wir doch lieber bei unserem Rosenmontagszug und der rosa Umzug am ›Christopher Street Day‹ ist ja auch nicht gerade von schlechten Eltern!

Man sieht, der Blues ist in Köln wirklich fehl am Platz. Dabei hätten die Kölner in der Vergangenheit schon so manches Mal allen Grund gehabt, den Blues zu haben. Die Geschichte der Heinzelmännchen ist im Grunde genommen eine zu Herzen gehende Bluesballade, die leider nicht mehr ins Repertoire Frohsinn verbreitender Kölner Bands, wie den ›De Höhner‹, passen will.

Auch das Lied ›Ich bin ein kleiner armer Straßensänger‹ der ›Drei Rabaue‹ besticht durch ein tiefes Bluesgefühl. Doch es ist lange her, dass die Kölner Originale und Straßenmusikanten Joseph ›Jupp‹ Pütz (Gitarre), Wilhelm ›Kill‹ Eichmeier (Gesang) and Barthel ›Nuna‹ Goll (Mandoline) mit ihrer Bluesmusik durch die Nachkriegstrümmer zogen, um dann noch bis in die 70er Jahre hinein, den Kölnern zu zeigen, was echte, authentische Volksmusik ist.

Jetzt kann man sich fragen, warum hat sich ein Bluesmusiker und eingefleischter Bluesenthusiast, wie ich es bin, ausgerechnet in einer Stadt niedergelassen, die dem Blues die lange Pappnas zeigt?

Die Antwort darauf findet sich in dem Song ›A Boy Named Sue‹ von Johnny Cash. Im Text gibt ein Vater seinem Sohn den Namen ›Sue‹. Sein Leben lang leidet der Sohn darunter. Er wird gehänselt, verlacht und verhöhnt. Der Sohn muss sich ständig beweisen, muss kämpfen und sich behaupten. Am Ende macht ihn das zu einem starken Kerl, der sich trotz des weibisch klingenden Namens, Respekt und Achtung verschafft hat.

Als 1970 meine Musikerkarriere in Köln begann und mir das Prädikat ›Bluesmusiker‹, oder schlimmer noch, ›Bluesbarde‹ angehängt wurde, begann für mich ein Leidensweg, der dem des Mannes, den sie Sue nannten, ähnelte. Es gab Momente, da wurde ich gehänselt, verlacht, verhöhnt und mitleidig belächelt. Ich musste gegen Vorurteile und Ignoranz ankämpfen und mich gegen Schmährufe, wie ›Der alte Affe Blues‹ oder ›Das will doch heutzutage keiner mehr hören!‹, behaupten.

Heute bin ich froh, nach Köln gekommen zu sein. Köln hat mich stark gemacht. Mein Name war nicht ›Sue‹, aber mein Beiname war ›Bluesbarde‹.

Es war ein langer und harter Kampf, mit einem mühsam errungenen Sieg, den mir keiner mehr nehmen kann. Ich habe meinen Platz in dieser Stadt gefunden und meinen Frieden mit ihr gemacht. Und sie mit mir auch.

Demnächst werde ich einen neuen Bluessong schreiben. Den Titel habe ich schon.

*„C´mon, let´s have fun, stopp fussing around!"*

Und vielleicht, aber nur ganz vielleicht und nur, wenn man mich ganz lieb darum bittet, werde ich ihn auch auf Kölsch singen.

*„Kumm los mer fiere und nit lamentiere!"*

# Der Teufel soll dich holen!

## Vorwort

 Musikhistorische Abhandlungen zu schreiben, selbst wenn es dabei um Blues-musik geht, gehört nicht zu den Dingen, die mir besonders leicht von der Hand gehen. Das Recherchieren und Zusammentragen von trockenen Fakten und Jahreszahlen, von Personen und Namen, die Spurensuche nach dem ›wer, wann, wo und mit wem‹, ist für mich ein ermüdender Vorgang, weil er weniger nach meiner Kreativität, sondern nach sturer Fleißarbeit verlangt. Na ja, und ein fauler Hund war ich schon immer. Was für andere spannende Detektivarbeit sein mag, ist für mich quälende Tortur.

Nun begab es sich eines Tages, dass im Museum und Kulturzentrum des kleinen Städtchens Rommerskirchen-Sinsteden eine umfangreiche Ausstellung mit dem Titel ›Blues Culture‹ vorbereitet wurde. Dazu sollte ein dicker, in Hardcover gebundener Katalog erscheinen. Mehrere Autoren waren bereits verpflichtet worden Beiträge dafür zu liefern. Einzig das Thema ›Die Entwicklung der afro-amerikanischen Musik vor dem Blues‹ war noch nicht besetzt.

Den Auftrag anzunehmen fiel mir genauso schwer, wie ihn auszuführen. Der faule Hund in mir sträubte sich verbissen. Trotz seines ständigen Gejaule und Geheule, brachten er und ich in nächtelanger Schweißarbeit einen zehn Seiten starken Aufsatz zu Papier. Auf Wunsch der Organisatoren lieferte ich noch eine fiktive Geschichte über den Bluessänger Son House für die Ausstellung ab. Da dies eine Arbeit war, die mir Spaß bereitete, schrieb ich sie alleine – ohne den faulen Hund an meiner Seite.

2008 wurde die Ausstellung in Sinsteden eröffnet. Der professionell aufbereitete Katalog ist ein prächtiger Buchband geworden und so steht er auch als Schmuckstück neben anderen Kostbarkeiten in meinem Bücherschrank.

Doch habe ich mir geschworen von derartigen Aufträgen in Zukunft die Finger zu lassen. Den faulen Hund von seiner faulen Haut zu zerren wird mir eh nicht mehr gelingen.

Da greife ich lieber in die Saiten meiner Gitarre, schreibe einen neuen Song oder denke mir selber eine schöne Story aus, wie zum Beispiel die fiktive Geschichte über den Bluessänger Son House, die ich für den Katalog der Ausstellung schrieb. Sie erzählt davon, wie es in einer, vom Christentum und afrikanischem Voodoo-Glauben tief geprägten, schwarzen Gemeinde in Mississippi, zur Legendenbildung um den berühmten und einflussreichen Bluesmusiker Robert Johnson kam. Meiner verwegenen Theorie nach, kann nur Son House als Urheber von Gerüchten in Frage kommen, die zu dieser wunderbaren Geschichte führten.

Im Zorn oder Spaß dahin gesagte, alltägliche Redewendungen, wie ›Soll ihn doch der Teufel holen!‹, könnten in dem Umfeld, in dem Son House aufwuchs, schnell für bare Münze genommen worden sein.

Die Münze wanderte daraufhin von Hand zu Hand, wurde gedreht und gewendet, gewechselt, getauscht, verzockt, verloren, gefunden, schließlich eingeschmolzen und zu neuer Form gegossen - zur Legende .

## Der Teufel soll dich holen!

Die Nacht ist mondlos und machtlos gegenüber der Hitze des vergangenen Tages. Sie vermag kein Kühlung zu bringen. Eine kaum erträgliche, drückende Schwüle liegt über dem kleinen, ländlichen Ort in Mississippi.

Aus dem Schutz der Dunkelheit heraus, versuchen starrköpfige Zikaden vergeblich mit ihrem Gezirpe gegen das Grölen und Gekreische, das Gelächter und die lauten, vielfältigen Stimmen anzutreten, die aus der offenstehenden Tür des ›Juke Joints‹* weit in die Nacht hinaus schallen.

Die Hütte, ein heruntergekommener Laden, in dem Alkohol ausgeschenkt wird, liegt abseits auf freiem Gelände, am Rande der staubigen Landstraße, umgeben von endlosen Baumwollfeldern und eine viertel Meile von den ersten Hütten und Häusern des Städtchens entfernt. Das baufällig wirkende Gebäude, das einer hastig zusammengehauenen Bretterbude gleicht, steht auf kurzen, stämmigen Holzpfeilern, einen knappen, halben Meter über dem Erdboden. Drei niedrige Stufen führen von beiden Seiten auf die längliche, aus groben Brettern gezimmerte, zwei Meter breite Zugangsplattform vor der Eingangstür.

Ein Mann hockt auf der Kante der hölzernen Konstruktion und lässt die Beine baumeln. Eingehüllt in den fahlen, gelblichen Lichtschein, der durch die Türöffnung im schrägen Winkel nach außen auf seinen gekrümmten Rücken fällt, sitzt er da, wie im Spot eines Bühnenscheinwerfers und nimmt in kurzen Abständen einen tiefen Schluck aus der Flasche, die er zu seinen Füßen abgestellt hat. Er grummelt vor sich hin, hält Selbstgespräche, hadert mit sich, mit der Welt und mit Gott.

Aus der Dunkelheit taucht unvermittelt die Gestalt einer Frau auf. Sie ist von beträchtlicher Leibesfülle. Das breite, rundliche Gesicht wirkt glatt und faltenlos, doch die silbernen Fäden in ihrem kurzen, gekräuselten Haar verraten, dass ihre Jugendtage schon einige Jahre zurückliegen.

Die Frau baut sich vor dem Mann auf, stemmt die Fäuste in die Seiten ihrer gut gepolsterten Hüften und beugt ihre mächtige Oberweite zu ihm herab.

»Hey Son, ich suche Robert«, sagt sie. »Er ist schon seit einer Woche wie vom Erboden verschwunden. Sonst hängt er doch immer mit dir oder Charlie Patton herum. Langsam mache ich mir Sorgen. Wer weiß, wo sich der Grünschnabel wieder herum treibt.«

Sie seufzt und schaut sich um, so als ob sich Robert irgendwo dort in der Finsternis erspähen ließe. »Einer muss sich ja um ihn kümmern«, sagt sie.

Der Mann hebt langsam den Kopf, sein Blick schwimmt unkontrolliert hin und her. Für ein paar Sekunden gelingt es ihm, ihn fest auf die Frau gerichtet zu halten.

»Du suchst Rob?«, nuschelt er und lässt sofort den Kopf wieder sinken. Er tastet nach der Flasche zwischen seinen Beinen. Schließlich zuckt er mit den Schultern.

»Keine Ahnung, wo der sich rum treibt. Dem ist sowieso nicht mehr zu helfen. Er ist der Sünde verfallen, sage ich dir, so wie alle hier. Eine Schande vor Gott, das ist der Bengel, so jung und schon so verdorben!«

Der Mann nimmt einen Schluck aus der Flasche und seine rot geäderten Augen starren ins Leere.

»*Soll ihn der Teufel holen!* Was habe ich nicht alles versucht...Himmel und Hölle hab´ ich beschworen...aber er will von den Huren und der Sauferei nicht ablassen...ein gotteslästerliches Leben führst du da, habe ich ihm gesagt...Gottes Zorn und Strafe wird dich treffen...in der Hölle wirst du schmoren...«

Son House** steht schwankend auf und sucht Halt am Stützpfosten der wackeligen Holzüberdachung, die sich über dem Eingang des Juke Joints mit ein paar rostigen, krummen Nägeln festzuhalten versucht.

Plötzlich geht eine jähe Veränderung mit ihm vor. Seine hoch aufgeschossene, schlaksige Gestalt streckt sich in die Höhe, spannt sich wie ein Bogen. Er wirft die langgliedrigen, dünnen Arme in die Höhe und reckt den Kopf zu den funkelnden Sternen empor. Aus den Tiefen seines Körpers dringt ein dunkles Grollen. Es steigt langsam auf, ballt sich für kurze Zeit in seiner Kehle und findet schließlich den Weg hinaus in die Nacht. Unvermittelt und explosionsartig entlädt sich, was seit vielen Jahre immer wieder an seinen Eingeweiden nagt. Gleich dem gequälten Schrei eines gepeinigten Tieres jagt seine Stimme zu den Sternen empor.

»Oh Gott, erbarme dich meiner, denn ich bin ein Sünder und nicht würdig dein Antlitz zu schauen!«

Die Frau erstarrt. Gebannt schaut sie mit offenem Mund und weit aufgerissenen Augen zu Son House hinauf. Auf der hölzernen Plattform stehend, überragt er sie um eine halbe Körperlänge und seine Gestalt scheint bis in den Himmel zu reichen. Doch der Himmel ist so finster, dass sie nur das Weiß seiner Augäpfel in der Dunkelheit leuchten sieht. Ein Schauer läuft ihr über den Rücken. »Sünde überall!« dröhnt es aus Son House Brust. Die Verwandlung vom Trunkenbold zum Prediger, geschieht in Sekunden. Wie ein zorniger Bote Gottes fährt er auf die Frau hernieder und herrscht sie an.

»Robert? Vergiss ihn! *Der hat sich längst dem Teufel und der Sünde verschrieben!* Wenn du ihn suchst, dann schau doch in der Hölle nach...*oder da hinten, an der Straßenkreuzung*...wo die Huren Luzifers stehen und auf ihn warten! Die ewige Verdammnis ist ihm gewiss! Gottes Zorn wird über ihn kommen. *Satan wird nicht aufhören, seine Höllenhunde auf ihn zu hetzen!*«

Wie er so da steht, im Lichtstrahl der Türe, umgeben von der Schwärze der Nacht, mit seinen langen dürren Armen fuchtelt, die Augen verdreht, mit dem Kopf wackelt, Flüche ausstößt und schimpft, erscheint Sun House selbst wie eine Ausgeburt der Hölle, emporgestiegen aus dem flammenden Inferno im Innern der Erde.

Wie jeder in dem kleinen Ort, weiß auch die Frau über Son House Bescheid, der in seiner Jugend einmal Baptistenprediger werden wollte, den seine Gemeinde jedoch verstieß als ruchbar wurde, dass die Frau, die zehn Jahr lang seine religiöse Erzieherin gewesen war, dem Fünfzehnjährigen auch im Bett Nachhilfestunde erteilte.

Der Schock muss für ihn tiefgreifend gewesen sein. Seiner Zukunftsperspektive beraubt, mit dem Makel einer schweren Sünde gezeichnet, trieb es Son House vom Gospel zum Blues, der Musik, die bei der gottesfürchtigen Bevölkerung als Teufelswerk gilt und zu der er Zeitlebens eine Hassliebe pflegt. Im nüchternen Zustand ist er ein eher ruhiger, bescheidener und sanfter Mensch, höflich und zuvorkommend, mit gepflegten Manieren. Doch noch nie hat die Frau ihn so betrunken erlebt, wie an diesem Abend.

Der plötzliche Ausbruch ist ihr unheimlich.

Zutiefst erschrocken tasten ihre Finger nach dem *Gris-Gris*\*\*\* in dem fest verschlossenen, kleinen Lederbeutel, der an einer Schnur um ihren Hals hängt. Sie drückt es schnell an ihre Lippen, bekreuzigt sich mehrmals mit hastigen Bewegungen.

Nur im Verbund mit den Geistern ihrer afrikanischen Vorfahren kann Gott sie vor der Macht des Dämon beschützen, der von Son House Besitz ergriffen hat.

Die Angst, von einem unbedacht geäußerten Fluch des rasenden Mannes berührt zu werden, lässt sie die Flucht ergreifen. Hals über Kopf rennt sie davon.

Son House, der im Moment tatsächlich von allen guten Geistern verlassen zu sein scheint, kann nicht ahnen, dass er mit seinen, in religiösem Jähzorn dahin geworfenen Worten, ein Gerücht lostritt, das sich in der kleinen Gemeinde schnell herum spricht.

Wanderprediger, Saisonarbeiter und herumziehende Bluessänger nehmen es mit, schmücken aus und fügen hinzu, tragen es weit ins Land und über die Grenzen des Staates Mississippi hinaus in die weite Welt.

Jahrzehnte später geht die Legende von Robert Johnsons Pakt mit dem Teufel in die Bluesgeschichte ein.

»Außerdem ist er ein schlechter Gitarrenspieler!«, brüllt Son House der Frau nach. »Er will nicht lernen. Da müsste es mit dem Teufel zugehen, wenn aus dem noch ein guter Musiker wird!«

Son House spuckt aus und wankt zurück in den Juke Joint, wo es eng, laut und heiß ist. Er bahnt sich einen Weg durch die dicht stehenden, verschwitzten Leiber vergnügungssüchtiger und meist schon betrunkener Gäste. Die Stimmung ist ausgelassen, auch aggressiv, selbst wenn hier und da lautes Gelächter ausbricht. Als er seinen Platz gefunden hat, packt er seine Gitarre und lässt seine Augen über die Menge schweifen. Ein Mädchen, noch sehr jung, aber mit bereits voll entwickeltem Körper, fällt ihm auf. Er sieht, wie sich ihr Leib in wollüstiger Aufforderung an dem Körper eines der Männer an der Bar reibt.

»Hure!«, knurrt Son House. »Verdammte Huren!«

Sein Abscheu wird ihn nicht daran hindern, später, wenn sein Auftritt vorbei und der Alkoholpegel weiter gestiegen ist, mit eben dieser jungen Frau ins Bett steigen zu wollen.

Ohne Vorankündigung legt er los, lässt seine rechte Hand von hoch über seinem Kopf auf die Saiten der Gitarre herabsausen und prügelt unbarmherzig auf sie ein. Ein Teil des Publikums verstummt, beginnt sich in den Hüften zu wiegen und im Rhythmus der Gitarre die Beine zu bewegen. Männer und Frauen finden sich, bilden Paare und fangen an zu tanzen.

Son House beginnt zu singen und wieder geht eine Veränderung mit ihm vor. Der Blues nimmt von ihm Besitz. Sein ganzer Zorn, sein ganzer Frust, sein tiefer Schmerz und die eigene Unzulänglichkeit, sich an Gottes Gebote zu halten, sein ständiger, doch vergeblicher Kampf gegen die sündigen Verlockungen des Lebens, brechen aus den Tiefen seiner zerrissenen Seele hervor, quälen sich knurrend und heiser aus seinem Mund, lassen seinen Kopf nach hinten fallen und die Augäpfel so verdrehen, dass nur noch das Weiße zu sehen ist.

Das verzerrte Gesicht, die vollständige Entrücktheit des Musikers, der nicht mehr von dieser Welt zu sein scheint, der völlig losgelöst vom lärmenden Treiben um ihn herum, sein Instrument malträtiert und seinen inneren Dämonen freien Lauf lässt, das ist ein fast beängstigender, doch faszinierender Anblick. Seine Seele scheint gefangen in einem Körper, der nicht sein eigener ist, ein Besessener, ein Zombie, den die dunklen Mächte des Voodoo leiten.

Doch er ist nur ein Gefangener seines eigenen Universum, in dem der Krieg zweier Herzen tobt. Zwei Herzen, die mit hartem, doch gegensätzlichem Rhythmus sich ständig aus der Bahn zu werfen drohen. Es ist ein Kampf zwischen Himmel und Hölle, zwischen Gottesfurcht und Teufelswerk, zwischen tiefster Reue und beständigem Sündenfall. Zwischen Gospel und Blues. Zwischen Gut und Böse. Zwischen Links und Rechts. Denn, so sagte Sun House einmal:

»Der Blues sitzt auf der rechten Seite der Brust. Die linke, dort wo das Herz schlägt, gehört alleine Gott.«

Anmerkungen:
*›Juke Joints‹ nannte man Kneipen mit hauptsächlich schwarzem Publikum. Dort gab es Alkohol, Musik, Tanz und auch Prostitution. Entsprechende Kneipen für Weiße wurden ›Honky Tonk‹ genannt.

**Son House (1902-1988), bürgerlicher Name Eddie James House, war ein bedeutender und wichtiger Vertreter des Vorkriegsblues. Der legendäre Bluesmusiker Robert Johnson (1911-1938) soll sein Schüler gewesen sein. Sun House wurde vielfach interviewt, weil er ein wichtiger Zeitzeuge war. In einem dieser Interviews gab er an, von seinem Zögling nicht viel gehalten zu haben. Robert soll ein unaufmerksamer Schüler und schlechter Gitarrenspieler gewesen sein. Die Legende erzählt, dass Robert für wenige

Wochen, wie vom Erdboden verschwunden war. Nach seiner Rückkehr soll er plötzlich wie ein Gott Gitarre gespielt haben. Da dies nicht mir rechten Dingen zugegangen sein konnte, kam es zu Äußerungen, wie ›Da muss der Teufel seine Hand im Spiel gehabt haben!‹ Diese führten schließlich zur Legende von Robert Johnsons Pakt mit dem Teufel an einer Straßenkreuzung in Mississippi, unweit des Städtchens Clarksdale. Johnsons mysteriöser Tod - er wurde nur 27 Jahre alt und soll von einer eifersüchtigen Geliebten vergiftet worden sein – gab der Legende weitere Nahrung.

\*\*\* Gris-Gris ist die Bezeichnung für ein Voodoo-Amulett, das als Glücksbringer dient. Wahrscheinlich wurde es 1720 von Sklaven aus dem Senegal zuerst in New Orleans eingeführt. Der Talisman konnte eine kleine Puppe, ein symbolischer Gegenstand oder eine Mixtur aus Kräutern, Asche, Knochen und anderem Material sein. Man trug das Gris-Gris meist in einem kleinen Beutel bei sich.

## Der Geisterzug

Ein Geisterzug, der weitgereist,
war kurz vor Köln bei Kalk entgleist.
Schuld waren falsch gestellte Weichen,
doch fanden sich dort keine Leichen
und auch Verletzte fand man nicht,
so kam die Sache vor Gericht.

Der Anwalt beim Prozess bewies dann klar,
dass der Geisterzug völlig entgeistert
gewesen war!

# Zungenbrecher

*Bodo & Babsi*
Bodos Bodenbürstenborsten bersten nicht,
nur Babsis Badebürstenborsten bersten.

*Karla & Karl*
Karlas Krachlederkragen krachen nicht,
nur Karls Kradradräder krachen.

*Ratz & Katz*
Räudige Ratten ratzen und rotzen,
kranke Katzen kratzen und kotzen.

*Frosch & Frettchen*
Da freche Frettchen keine fetten Frösche
fressen, fürchten fette Frösche auch keine
frechen Frettchen.

*Garten & Gurken*
Der Gartengurkenzieher gurkt nur gerade
Gartengurken ein, krumme Gurken gurkt
der Gartengurkenzieher gar nicht ein.

*Borken & Korken*
Wer versucht die eingekorkten
Korkenrindenborkenkorken ohne
Korkenzieher zu entkorken, wird die
eingekorkten Korkenrindenborkenkorken nie
entkorken.

*Wild & Wald*
Der Rotwildwaldwaidmann unter
Rotwildwaldföhren will Rotwildhirschröhren
auf der Rotwildpirsch hören.

*Mädels & Mieder*
Die Miedermacher würden Mädels wieder
Mieder machen, wenn die Miesmacher nicht
den Mädels ihre Mieder immer wieder mies
machen würden.

*Krampf & Kampf*
Wenn Kämpfer im Kampfe dumpfe
Kopfkrämpfe kriegen, kann dampfender
Kampfer dumpfe Kämpferkopfkrämpfe
besiegen.

*Papst & Probst*
Wenn der Papst und der Probst
im Probsthof des Domprobst
Probsteiwein probieren,
muss der Probstamtproband
dem Papst und dem Domprobst
den Probsteiwein servieren.

## Die Lust am Verlust

 Ja, sie war beraubt worden, erklärte sie dem Kommissar.

Eines Nachts, als sie nicht im Hause war.

Herbert, ihr Mann, der sich zur Zeit des Raubes im Haus und auch im Schlafzimmer aufgehalten haben musste, streite bis heute ab, etwas bemerkt zu haben.

Doch gerade im Schlafzimmer habe es nach der Tat wild ausgesehen, so, als hätte dort eine ganze Hunnenhorde gehaust.

Da war sie stutzig geworden.

Später habe sie dann herausgefunden, dass der Diebstahl von einer Nachbarin, die sie gut kannte, geschickt eingefädelt worden war.

Nun frage sie sich, und sie hoffe dabei auf den guten Rat der Polizei, ob sie die Frau zur Rede stellen und das Diebesgut zurück fordern, oder doch lieber Anzeige erstatten solle.

Sie blickte den Kommissar nachdenklich an. Auf einmal erhellten sich ihre Züge und ein leises Lächeln trat auf ihr Gesicht.

»Kein großer Verlust für die Lust!«, sagte sie vergnügt. »Wissen Sie was? Mein Mann kann mir gestohlen bleiben!«

## Die nächste Geschichte

Die nächste Geschichte,
ist eine kleine
kurze Kurzgeschichte.

Eine kleine
kurze Kurzgeschichte
zum Schluss.

Sie ist keine
kleine kurze
Kurzschlussgeschichte!

Sie ist eine kurze,
kurz vor Schluss
Geschichte,
die kleine kurze
Kurzgeschichte
zum Schluss.

## Eine kleine kurze Kurzgeschichte zum Schluss oder wie Superheld Kataman versuchte die Welt zu retten

 Kataman zwängte sich mühsam in sein Kataman-Kostüm, das Katarina nach einer Katalogvorlage für ihn genäht hatte.

Er schnappte sich sein ausgeleiertes Katapult von der Wand, holte das, mit einem Katalysator ausgestattete, altersschwache Katamaranmobil aus der einsturzgefährdeten Katakombe und tuckelte los, in der Hoffnung, die verheerende Katastrophe vielleicht noch verhindern zu können.

Doch er kam zu spät. Captain America beherrschte bereits die Welt.

## Über den Autor

Richard Bargel ist Musiker, Schauspieler und Autor. Er wuchs in Bonn/Bad Godesberg auf und zog 1968 nach Köln. Ende 1978 machte er die Stadt Montpellier in Südfrankreich zu seinem Wohnsitz. Nach sechs Jahren kehrte er nach Köln zurück, wo er bis heute lebt. Richard Bargel zählt seit 1970 zu den bedeutendsten und innovativsten Bluesinterpreten und Slide-Gitarristen Deutschlands. Für seine Produktionen erhielt er zwei Preise der deutschen Schallplattenkritik, sowie zwei Nominierungen. Sein Album »It´s Crap!« wurde 2015 für die Sonderkategorie »Jahrespreis« nominiert. Als Schauspieler war er u. a. in den Stücken »Mutter Courage« (Brecht), »Drei Schwestern« (Tolstoi), »Die Räuber« (Schiller) und »Ein Sommernachtsraum« (Shakespeare) zu sehen. 2016/17 spielt er die Hauptrolle des Don Quichote in dem Stück »Der Mann von La Mancha«. Mit seiner Band »Dead Slow Stampede« tourt er regelmäßig die internationalen Konzertbühnen. Zudem ist er auch als Filmkomponist tätig. Als Autor veröffentlichte er mehrere Aufsätze und Essays, u. a. für das Buch »Das Blaue Wunder«/Lumpeter Verlag (2010). Unter eigenem Namen erschien in 2004 sein Lyrikband »Ein Werwolf hockt im Kreidekreis, heult leise blaue Lieder« (Schardt Verlag/Oldenburg, 2004).

www.richardbargel.de
www.facebook.com/RichardBargel
www.meyerrecords.com